私だけのプリンス

マリオン・レノックス 作
佐藤利恵 訳

ハーレクイン・イマージュ
東京・ロンドン・トロント・パリ・ニューヨーク・アテネ・アムステルダム
ハンブルク・ストックホルム・ミラノ・シドニー・マドリッド・ワルシャワ
ブダペスト・リオデジャネイロ・ルクセンブルク・フリブール・ムンバイ

Claimed:Secret Royal Son

by Marion Lennox

Published by Harlequin K.K., Tokyo, 2010

◇作者の横顔

マリオン・レノックス　オーストラリアの農場で育ち、ロマンスを夢見る少女だった。医師と結婚後、病院を舞台にしたロマンス小説を書くことからスタート。現在はハーレクインの常連作家として、作品の舞台も多様になり、テンポのよい作風で多くの読者を得ている。トリシャ・デイヴィッド名義でも作品を発表していた。

主要登場人物

リリー・マクラクラン……船大工。

オリヴィア……リリーの母親。

スピロス……リリーの雇主。船大工。

エレニ……スピロスの妻。

アレクサンドロス・コンスタンティノス・ミコニス……王国の摂政。造園家。愛称アレックス。

ギオルゴス……アレックスの伯父。王国の前国王。故人。

ミア……ギオルゴスの妻。リリーの姉。

ミカレス……リリーとアレックスの息子。

1

「目を覚ましてください、リリー」

ベッドのそばには二人の医師と四人の看護師がいた。死に瀕《ひん》したリリーの手術には、普通なら試されない大胆な外科手術が施された。

手術後には損傷した脳を回復させるため、リリーは麻酔で眠らされた。おかげで一命は取りとめたが、はたして意識は戻るだろうか？

彼女がフランスの小さな会員制の病院に運ばれてきたのは一カ月前のことだった。意識不明で死線をさまよっていた。王室にゆかりのある人だと噂《うわさ》されたが、付き添いは一人もいなかった。

「目を覚ましてください、リリー」外科医は患者の手を握りながら、もう一度声をかけた。「手術は大成功でしたよ。あなたはもう大丈夫です」

ついにリリーのまぶたが開いた。

濃い茶色の瞳。とても大きな目だ。困惑している。

「やあ」外科医はほほえんだ。「おはよう、リリー」

「お、おはよう」しゃべり方を忘れてしまったかのような、かぼそい声だ。

「私が立てている指は何本ですか？」

「三本」リリーは興味がなさそうに答えた。

「よくできました。腫瘍《しゅよう》は手術で完全に取り除きましたよ。あなたは生きられるんです」

リリーは視線をめぐらせ、部屋にいる一人一人を確認した。手術着を着た、熱心で、興味深げな顔。

そのとき、なにかとても大切なことを思い出したかのように、彼女はかっと目を見開いた。ゆっくりと手を動かして、広げた指を腹部にあてた。

「私の赤ちゃんはどこ？」

2

「私、アレクサンドロス・コスタンティノス・ミコニスは、未成年のいとこミカレスに代わり、同人が二十五歳に達するまで、ディアマス諸島連邦――通称ダイヤモンド諸島の国民を統治することをここに誓います」

アレックスの黒い装束には真紅の装飾が施され、モールや房飾りがふんだんにあしらわれ、たくさんの勲章で飾られていた。腰に帯びた剣の金の柄《つか》には王家の紋章がついている。体に張りつくような黒いズボンが最高にセクシーだ。革のブーツは顔が映りそうなほど磨きあげられている。

大聖堂のいちばん遠い一角からはアレックスの顔がかろうじて見える程度だったが、鷹《たか》のような鋭い目鼻立ちであることをリリーはよく知っていた。彼は黒褐色の目を細めて笑うときもあったが、ときおりきびしい目をするところを見ると、彼の双肩には相当な重圧がかかっているのだろう。

彼を笑顔にできるとうれしかった。彼も私を笑顔にしてくれた。

愛とは信じることだ。でも信じるのは愚かなこと。それに気づくまでに、どんな目にあったことか。

リリーは驚き、とまどいつつ、即位式を見守った。指輪、手袋、王位を示す帯状の布、鳩《はと》の飾りのついた笏《しゃく》がアレックスにおごそかに授けられた。彼は落ち着き払い、自信と威厳にあふれている。

最後に会ったとき、彼はベッドの中で私に寄り添い、体を重ねた余韻にひたっていた。いたずらっぽい目をして。

アレクサンドロス・ミコニス。造園家として成功した、世界的に賞賛される人物。私のかつての恋人。ダイヤモンド諸島を治める新しい摂政親王。

私の赤ちゃんの父親。

「彼って、すごくすてきよね？」アレックスが神の祝福を受けるためにひざまずいたとき、隣の席の女性がため息をついた。報道関係者用の通行証を首に下げていることから、記者だとわかった。

「そうね」リリーは小声で答えた。

祝福が終わり、アレックスは立ちあがって、王位につくための証書に署名した。トランペットとオルガンの音と聖歌隊の歌声が高らかに響き渡った。

「彼をセクシーだと思わない女性は、ここには一人もいないわ」記者がささやいた。

リリーは返事をためらった。口をつぐんでいるべきだが、赤ちゃんを取り戻すには情報を集める必要がある。「独身だなんて驚きだわ」

「彼は結婚したがるようなタイプじゃないわ。でも、女に興味がないわけではないようよ。常に恋人がいるわ。たぶん幻滅しているのよ。彼の父親はギオルゴス王の弟でね、王家の慣習にそむいて恋愛結婚をしたの。でも、その結果、悲劇を招いてしまった」

「というと？」リリーは尋ねたが、記者が答える前に、二人は別のことに注意を奪われた。

金と白の法衣姿の立派な大主教が、署名されたばかりの証書類を年老いた司祭に渡そうとした。

その老司祭は足取りがおぼつかず、見るからに緊張していた。震える指で証書をつかんだが、それを落としてしまった。

「あれはアントニオ神父」記者がささやいた。「ずっとこの島の司祭を務めてきたの。大主教は彼を式典に出したくなかったのに、プリンス・アレクサンドロスがぜひにと希望したそうよ」

老司祭は書類を拾おうと、大儀そうに床に膝をついた。大主教は手伝うどころか、苦々しくそれを見おろした。ほかの関係者も手伝わなかった。そのときアレックスがかがんで書類を拾い、立ちあがろうとする老司祭に手を貸した。

老司祭が嘆きを表に出すまいと顔を引きつらせているので、アレックスは彼の両肩をつかんで、両頬に一度ずつキスをした。それはこの島の男たちのしきたりだった。

敬愛の意思表示だ。

威厳を取り戻すための行為なのだ。

「ありがとうございます、神父」アレックスの声が聖堂じゅうに響いた。「あなたは私が生まれたころから、島の人々の面倒を見てきました。私に洗礼を施し、私の両親を埋葬し、今は私に敬意を表してここにいてくださる。大変感謝します」

アレックスがほほえんだ。すると、聖堂内のほぼすべての女性が一斉にため息をもらしてほほえんだ。

「島民は彼のああいうところが好きなの」記者がささやき、あいまいにほほえんだ。「だから王になってほしかった。あの赤ちゃんさえ生まれなければね。年老いた王様に息子が生まれるなんて、誰が予想したかしら？　前王はアレックスの王位継承を阻むためだけに、息子を産ませたのよ」

しかし、リリーはもう耳を傾けてはいなかった。あの笑顔……あのやさしさ……。

忘れていたわ、なぜあのとき心を奪われたのかを。リリーは無意識のうちにまばたきをして涙をこらえた。

「彼のご両親の結婚になにが起こったの？」

「ひどい話だわ。アレックスは一人っ子だった。彼の父親はギオルゴス王の弟で、王には子供がいなかったから、この赤ちゃんが生まれるまで、アレックスは王位継承者だった。アレックスが五歳のときに父親が溺死《できし》して、王は彼の母親を島から追放した。でも、跡継ぎのアレックスは追放しなかった。だからといって、王が彼を好いていたわけではないの。アレックスは宮殿で孤独に育った。十五歳のときに伯父に立ち向かって、母親の帰国をかなえたわ。二人はかつての住み慣れた家で暮らしたけれど、まもなく母親は亡くなった。そのせいで、アレックスが伯父を嫌ったと言われているわ。王室のすべてを嫌ったともね。でも、彼もお手上げね。赤ちゃんの代理で王位についたけれど、実権はないんだから」

突然、記者はなにかに気がついたらしく、リリーをまじまじと見つめた。

「どこかでお会いしていない？　見覚えがあるわ」

まずいわ。やはり話をしてはいけなかった。こんな場所で、じっくり顔を見られる可能性がある至近距離で。「人違いよ」リリーは短い巻き毛をスカーフで隠し、即位式に見入っているふりをした。

「あなたを知っているわ」記者はまだ見つめている。

「そんなはずないわ」リリーはそっけなく言った。

「私は今朝到着したばかりだもの」その結果、私は驚きあわて、心を痛め、ひどく困惑している。

「ご親戚《しんせき》？　お友達？　政府関係の人？」記者はリリーの服装を見ていた。このような式典にふさわしいとは言えない。リリーは手持ちのいちばんいいものを着てきたが、その服はくたびれていた。地味でシンプルな黒いスカートとジャケットは、今のやせ細った体には少しだぶついている。唯一の贅沢《ぜいたく》はスカーフだった。シルクの絞り染めで、モネの風景画のような、ローズとブルーと淡いレモンイエローという色使いの、美しくて手のこんだ品だった。

世界じゅうから集まった華やかな人々から浮いてしまうことは、自分でもわかっている。姉の仲間にされかねない……。

「王妃に似ているわ」記者にそう言われて、リリーは縮みあがりそうになるのを必死でこらえた。

「似てないわ」

「親戚ではないの？」

リリーは作り笑いをした。「なぜそう思ったのかしら？　クイーン・ミアは華やかな人よ」

「でも、自分の子供を捨てたわ」記者は近ごろ起きた大スキャンダルに憤った。「想像できる？　王が亡くなったとたんに大富豪と駆け落ちよ。赤ちゃんを置き去りにして」

私の赤ちゃん。私の赤ちゃんなのよ！

記者がまだ見つめてくるので、リリーはなんとかして注意をそらさなければならなかった。「私は仕事で来たんです」もう質問は受けつけないという声で、そっけなく言った。

リリーはジャケットのポケットに指を入れ、金箔《きんぱく》の施された招待状に触れた。島に到着して、ミアのしでかしたことを知ってぞっとしたときは、即位式への参列を断られるかもしれないと思った。しかし、ミアから招待状が届いたということは、まだ正式な招待者リストに載っているようだ。アレックスには存在自体を忘れられているだろうけれど。招待状は正式なものだ。問題はなにもない。

とんでもない！　問題だらけだわ。どこから手をつけらいいの？

トランペットの独奏が響いていた。その高らかな音をきっかけに参列者たちが立ちあがり、新しい摂政親王に拍手を送った。ダイヤモンド諸島のプリンス・アレクサンドロスが聖堂の中央通路を歩いていく。どこから見ても一国の支配者、王族だ。リリーが恋したアレックスとは別人のようだった。

アレックスはほほえんでいた。歩きながら右へ左へと視線を動かし、みんなと目を合わせている。

前王よりはるかにいい国王になりそうだわ。リリーはそう考えて、めまいを覚えた。彼が国王になる。

アレックスの視線がリリーを通り過ぎようとしてとまった。誰だか気づいたようだ。

アレックスのほほえみが消えた。

リリーは目を閉じた。

目を開けたときには、彼はすでに通り過ぎていた。

リリーは人の流れにまぎれて外へ出た。歩くのがやっとだった。膝に力が入らない。

彼女は我が子を取り戻すために来た。でも、今はとにかく逃げたかった。

彼女はいったいここでなにをしているのだろう?

アレックスは人々と握手を交わしながら考えた。

彼女と会ったのは一度きり。ともに過ごしたのは二日間だけだ。つかの間の、心地よい時間だった。

ところが、彼女は夜明け前にさよならも言わずにこっそり出ていき、アテネ行きのフェリーに乗ってしまった。

それでも彼は彼女をさがした。アメリカの東岸を北から南まで、船大工をしているという王妃の妹をさがしまわった。

船大工だという話が信じられなかった。ミアに尋ねても、彼女は肩をすくめるだけだった。「子供のころに両親が離婚して、私は母についていき、リリーは父のもとにとどまった。それきり妹とはほとんど会っていないの。だから、どこにいるか、なにをしているかなんて知らないわ」

あきらめきれず、アレックスはさがしつづけ、やっと彼女の雇主を見つけた。メイン州で船大工をしている年老いたギリシア人だった。彼はアレックスを上から下まで眺めまわしたあと、事実を話した。

「リリーはうちの従業員だが、居所はわからない。体調が悪いと言って、一カ月前にやめたから。彼女はひどい頭痛持ちで、それが悪化したんだ。休みをとって具合がよくなったら戻ってきなさいと言ってある。私の妻も心配しているよ。うちの庭にある彼女の部屋はそのままにしてある。彼女は大切な存在だからね。だが、今のところ、行方はわからない」

こうしてアレックスはふたたび悲しい喪失感を味わった。五歳のときに父を失い、伯父によって母と引き裂かれた。やっと再会した母も結局亡くしてしまった。

アレックスは打ちひしがれ、王の残酷さに深く傷ついた。二度とかかわるまい、王室との付き合いは必要最低限にしようと母の墓前で誓った。

しかし、王妃の妹は彼の防御壁をすり抜けた。二人は体を重ね、夜ふけまで語り合い、笑った。アレックスは彼女を抱き締め、胸の鼓動を聞き、一つにとけ合ったときの驚くべき感覚を味わいながら、自分と同じように、彼女も恋に落ちていると思った。でも、彼女にとっては一夜の火遊びにすぎなかったのだ。姉と同じく財産めあてだったのだろうか？

墓前の誓いは役に立たず、彼をあざわらった。

リリーからの電話があったのはそんなときだった。

当時、アレックスはマンハッタンで自分の人生を歩んでいた。あれは午前中の、気疲れする電話を終えたばかりのときだった。リリーの雲隠れにいらだっていたときに不意を突かれて、愚かな冗談を言ってしまった。

そう、冗談の種にしたのは悪かった。礼儀に反することだった。しかし、リリーはあやまるチャンスをくれずに電話を切った。それで終わりだった。

もともと彼は彼女と恋に落ちるつもりはなかった。ミアにゆかりのある相手ならなおさらだ。彼はもっと気をつけなければならない。

「やあ、アレックス、たいしたもんだな」その声はニコスだ。すぐうしろにはステファノスもいる。子供のころからの親友だ。ステファノスはクリセイスの出身、ニコスはアルギロスの出身だ。

彼らとは、大人になったら力を合わせて島々を治めようと言い合ったものだった。

かつてダイヤモンド諸島は三つの公国が支配していた。サフェイロス、クリセイス、アルギロス。それぞれサファイア、ゴールド、シルバーを意味する島々だ。ところが二百年前にサフェイロスの大公が二国を侵略支配し、憲法を改正した。彼に直系男子の継承者がある限り、三島は一王国として統治されるものとする、と。

歴代の王は島の富を搾取しつづけ、ついにギオルゴスの代になった。彼は独裁者にしては立場が弱く、しかも女性に興味がなかったために、彼が最後の直系男子だろうと長らく思われていた。

ギオルゴスの甥《おい》であるアレックスは、サフェイロスの正当な王位継承者だった。ステファノスはクリセイスの第一王位継承者であり、ニコスもまたアルギロスの支配者になる立場だ。三人は共通の目的を持った権力者たちだ。国王が死を迎え、三島それぞれが独立国として復活したあかつきには、経済を立て直して、民主主義国家を作りあげるつもりだった。

ところが、驚くことに、ギオルゴスは四十歳も年下のミアと結婚し、息子をもうけた。結局、従来の規定が適用された。ギオルゴスの甥であるアレックスは国を統治できるが、それは赤ん坊が成人するまでの、実権のない摂政親王としてでしかない。

そしてアレックスの友人たちは……ほほえみで絶望を隠している。これまでも、ユーモアと元気のよさでそうしてきた。

「おい、なんて格好だ！」ステファノスが大声をあげ、アレックスの肩をぽんとたたいた。「もう一つ房飾りをつければ、クリスマスツリーだ」

「あと必要なのは電飾だけだな」ニコスも笑いながら話を合わせた。

「ミアの妹がいる。リリーだ」アレックスは二人の軽口をさえぎった。

二人はリリーに会ったことがある。彼女に対するアレックスの思いも知っている。きっと彼の気持ちは顔に出ているだろうが、ごまかすことはできない。

「なんでまた？」ニコスがうしろを振り向いた。「彼女のようには見えないが」

「さえない田舎娘のふりをしているんだ。黒いスカートとジャケットを着て、頭にスカーフをかぶって。それで気づかれないと思っているんだろう」

「ここへ来るとはいい度胸だ」ステファノスが言った。「もしも国民に知られたら……。彼らはミアをリンチにかけたくてうずうずしているんだぞ」

「リリーはミアではないよ」

「たしか、彼女は君を翻弄《ほんろう》したよな」ニコスが言った。ほほえみは絶やしていないが、目は警戒し、同情の色を浮かべている。

「そう、僕はだまされた」アレックスは努めて明るく言った。「ギオルゴスと同じようにね」

「ミアは彼をだましたわけじゃないだろう。彼と結婚して、彼の子を産んだんだ」

「結婚したのは地位と権力のためだ」

「そして、君はその妹に恋をした」

「あれは一夜の関係にすぎない。どうして彼女がここにいるんだ？」

「本人にきけよ」

「そうだな」アレックスは真剣に言った。「もしも彼女が王族のふりができると考えているなら……」

「誤った考えを正してやるか？」ステファノスが尋ねた。

「もちろんだ。そして、追い払う」

次期国王の誕生、国王の死、そして王妃である母に見捨てられた赤ん坊……。リリーは一日の大半を費やして、なにが起こったかを理解した。島民の驚きもわかった。反感も強い。衝撃的な出来事があと一つでも起これば、君主国家は崩壊しかねない。

でも、そんなことを気にしてはいられない。私は赤ちゃんに会いたい。私の赤ちゃんに。

ついにリリーは育児室へ向かった。部屋への行き方は、メイドに堂々と尋ねると、簡単に聞き出すことができた。それで、勝手に忍び込んだのだ。

育児室には小さな王子以外に誰もいなかった。

ミカレスはふわふわの毛布に包まれて、ベビーベッドの中で親指をしゃぶりながら眠っていた。生後間もない赤ん坊にしては驚くほど髪は黒く、ふさふさで、カールしている。眠っている間も、小さな頬の上で長いまつげがぴくぴくと動く。

かわいい。私の子だ。

ミカレスという名前は、リリーの父、マイケルにちなんでつけられた。それはミアが守った唯一の約束だった。

この数週間、我が子に初めて会ったら、どんな気持ちになるだろうかと考えてきたが、今、眠っている息子を見つめて、やっとわかった。怒り？　裏切り？　たしかにその両方だが、すべてに勝るのは……愛情だった。この子は完璧《かんぺき》だわ。リリーは感動とともに、眠っている赤ん坊を見おろした。

私の息子。私の赤ちゃん。ミカレス。

「いったいなにをしているんだ？」

アレックスの声に、リリーは飛びあがるほど驚いた。この男性にはあらゆる点で驚かされる。彼はいつも思いがけないときに、豹《ひょう》のように忍び足で現れる。リリーが振り返ると、彼はドア口から無表情に見ていた。

一年前は彼に抗しがたい魅力を感じた。彼は目を奪われるほどすてきだった。情熱的だった。やさしささえ感じた。

今の彼は怒っているようにしか見えない。本気で怒っている。記憶の中のアレックスとはあまりに違いすぎて、リリーは身がすくんだ。

「私は……姉に会いに来たの」

「ごらんのとおり、ミアはいない。子供を捨て、すべてを捨てて、なんでも買ってくれる金持ちのもとへ行った。君は知らなかったというのか？」

「知らなかったわ」リリーはアレックスの怒りの形相に恐れをなしたが、ポケットの中の招待状に触れて勇気を奮い立たせた。「姉から招待状が届いたの。私は今朝到着して知ったのよ、姉が……」

「駆け落ちしたことを。シークの息子と」

「申し訳ないわ」

「申し訳ないだと？」アレックスは、ミアの分身でも見るような目でリリーをにらみつけた。

長い沈黙が続いた。

リリーは初めてアレックスに会ったときのことを思い出さざるをえなかった。彼が帰国したのは、王の在位四十周年を祝うためだった。おそらく、いやいやながらだったのだろう。リリーは祝典が行われているとは知らなかった。医師の宣告にショックを受けて、姉を訪ねようとするほどおびえていた。姉の思いやりに期待するほど愚かだったのだ。

ミアは話を聞くことさえいやがった。〝リリー、いいかげんにして。今夜はとても大切な夜よ。ほかのみんなはお祭り騒ぎをしに来ているの。ドレスを貸すから楽しみなさい。今夜は相談にのれないわ〟

そんなわけで、リリーはパーティ会場の隅でぼんやりと座り、自分の未来が絶たれることは考えないようにしていた。そのとき、アレックスに笑顔でダンスを申し込まれたのだった。

その結果がここにいるミカレスだ。世間はミアの子だと思っている。この子が新たな王になると。

それは違う。ミアが島の人々になにを言ったにせよ、それは嘘《うそ》だ。本当の王位継承者はアレックスだ。

「ミアとは話したのか？」

リリーは首を振った。「そのために……話をするためにここへ来たの。でも姉はいなくなった……」

「混乱を残してな。この子は王位継承者だ。僕は一時的な代理人となったが、なんの権限もない。そこへ君が現れた。君はここにいる権利はない」

「私は招待を受けたのよ。ここにいる権利はあるわ」リリーは冷静にアレックスと目を合わせた。表面上は冷静に。内心ではびくびくしていた。

　しかし、どうにかして彼の怒りに打ち勝たなければならない。私は姉とは違う。それを彼にわからせなければ。「アレックス、最後に私たちが会ったとき……」話を始めたが、彼の目は、リリーより勇敢な者さえ凍りつかせるほどだった。

「そのことは忘れてくれ。君がなにをたくらんでいたのかは知らないが……」

「なにもたくらんではいなかったわ。私は……」

「どうでもいい。今重要なのはこの島々の未来だ。君には関係ないことだがね。もっと大きな問題もある。島民は激怒しているんだ。ギオルゴスとミアはこの国の富を奪いつくした。僕は役に立つことができないうえに、この赤ん坊を押しつけられた」

　〝この赤ん坊を押しつけられた……〟

　彼はミカレスの父親だ。なのに、〝この赤ん坊を押しつけられた〟だなんて……。

　どうでもいいことだわ。私はこの子を連れ出さなければならない。

「それで……今はどういう状況なの？」

「この混乱から脱出する方法を考えているところだ」アレックスは力なく答えた。同じ話を繰り返すのもあきたという感じだ。「いちばん簡単なのは僕が立ち去ることだが、それではこの独裁国家が崩壊する。そうなれば大惨事だ。ギオルゴスの負債は限界までふくれあがってしまった。それを返さなければ、島の土地のほとんどが没収されてしまう。僕は摂政親王として、経済再建の努力をすることはできる。借金を返し、土地の権利を取り戻せる」

「あなたにできるの？」

「努力することはね。ほかに選択肢があるか？」

「あなたが王になるべきだわ」リリーはそう言うと、また怒りの目でにらまれてしまった。

「君はどう思う？　僕がギオルゴスみたいに王になりたがっていると思うか？　まあ、彼のような権限は欲しい。僕が摂政親王ではなく、国王か大公だったら、借金を組み直したり、海外にある王室の財産を売ったりすることができる。ギオルゴスがパリやニューヨークやロンドンに不動産を持っていることを知っていたか？　世界じゅうにあるんだ。それらを売却すれば数十億になる。それだけあれば島民を守れるのに、摂政である僕の権限は制限されているんだ。君がいても、なんの役にも立たない。国に帰れ、リリー。やっかいごとはもうたくさんだ」

「でも、ミカレスはどうなるの？」

「大切に育てる。出ていってくれ」

困ったわ……。

彼ににらみつけられているときに、どうやって説明すればいいだろう。説明すれば、状況はよくなるかしら？　彼が真実を知ってもなお、私を追い払うのだとしたら……。

私にはそんな危険を冒す勇気はない。

リリーは困惑して、眠っている赤ん坊に目を戻した。アレックスを愛した結果が、この小さく完璧な赤ちゃんだなんて……。

今のアレックスにはやさしさのかけらもない。声はきびしく冷ややかだ。「出ていけ、リリー」彼はもう一度、すごみのある低い声で言った。「島民の感情を考えると、宮殿の外で正体がばれたときに鞭《むち》で打たれなければラッキーだぞ」

「ミアがしたことで私が非難されるだなんて」

「僕たちより君のほうが彼女を知っているはずだ」

「姉のことはほとんど知らないわ」リリーは赤ん坊のやわらかい頬を触りながら小声で言った。

「君は理解していないようだ。話し合いはしない。君は出ていくんだ」アレックスの表情はけわしく、私情を排除していた。

かつて愛したはずの男性はそこにはいない。昔の恋愛感情は捨てなければならない。あるのは思い出だけ。現実は違うのよ。

「ミカレスの育て方については、私も発言権が欲しいわ」よし、やっと言ったわ。そのうち真実も告げられるだろう。ただし、今は無理だ。今日はだめ。孤立無援で心細いし、精神的にまいっているから。

「君の面会を認めるかどうかは、君の姉さんしだいだ。彼女が戻ってきて母親の役割を果たすなら、君も叔母の役割を果たしてくれてかまわない」

「それだけではたりないわ」

「それ以上はだめだ。君の姉さんは裏切り者なんだぞ」

「だから国民は私を嫌っているとでも？」

「彼らは君を知らない。だが、君はミアとそっくりだ。面会権は与えられない。姉さんと連絡をとれ。彼女に良識をたたき込め。彼女を母親にしろ」

「そこまでは……」リリーはごくりと唾《つば》をのみ込んだ。「あなたがミカレスの父親になるの？」

「冗談だろう？」アレックスは信じられないというように首を振った。「僕はこの子の父親が嫌いだったし、母親には我慢ならなかった。この子を育てるのにふさわしい人材はきちんと手配する。だが、僕はこの子とはかかわらない」

「つまり、あなたが育てられたようなやり方でこの子を育てるの？」

「僕がどう育てられたかをなぜ知っているんだ？」

「あなたが話したからよ、アレックス」リリーがきっぱりと言うと、アレックスは彼女を見つめた。

「そうかもな。あの夜に……よく思い出せないが」

　その言葉だけでじゅうぶんだった。私の世界を変えた一夜を、彼はほとんど覚えていないのだ。

「いったいなんのまねだ？　リリー、僕たちはベッドをともにした。でも翌朝、君はさよならも言わずにいなくなった。今になって、なぜそれを蒸し返すんだ？　君は欲しいものは手に入れたはずだ」アレックスはやっかい事はうんざりだというようすで、ため息をついた。リリーにもうんざりしたようすで。「この子の成長については、報告書を届けるよう取り計らおう。たとえ君の姉さんがこの子とは一切かかわりたくないと言っているとしても。僕にできるのはそれだけだ」

「でも、この子はあなたの……」

　リリーはその先を言うわけにはいかなかった。メイドが心配そうにドアのところに立っていたからだ。彼女はリリーの正体に気づいて見ている。

「殿下、皆様がお待ちです」メイドはアレックスに言ったが、リリーから目をそらさなかった。「あなたを覚えています。王妃の妹さんですね」

「みんなを待たせていることはわかっている」アレックスは不機嫌に言った。「ミス・マクラクランに別れの挨拶《あいさつ》をしていただけだ」

「ご出発ですか？」メイドは困惑したようすで尋ねた。

「そうなのよ」リリーは涙をこらえた。「でも……もう少しだけミカレスといたいの」

「好きなだけゆっくりしていけばいい」アレックスは同意した。彼の声がまた冷ややかになった。「お望みなら、一晩じゅう抱いていてかまわない。母親の穴埋めができるか試してみるんだな。明日の朝までには出ていってくれ。さようなら、リリー」

　それだけ言うと、アレックスは部屋を出ていった。

　リリーは気分が悪かった。

「お手紙を受け取られましたか？」メイドが尋ねた。

「手紙？」

「王妃様が……お姉様が出ていかれたのはつい昨日のことでした」メイドの声には敬意が感じられた。まるで今回のスキャンダルがまだ信じられないかのようだ。「あなたがいらっしゃるとおっしゃって」メイドは部屋を横切って大理石造りの大きな暖炉まで行くと、炉棚から封筒を取りあげた。「これをお渡しすると約束したんです。ああ、それにしても、王妃様はなにを考えていらしたのでしょう？」

リリーは目を閉じた。答えが浮かばない。目を開けたときには、メイドはいなくなっていた。

あなたはなにをしたの、ミア？　リリーは心の中で問いかけた。ああ、神よ、なんてことでしょう。

リリーは封筒を開けて手紙を読んだ。それはミアらしい、率直な、感情を交えない手紙だった。

〈親愛なるリリー、

私はあなたの子供など欲しくありませんでした。ギオルゴスはアレクサンドロスの王位継承を阻止したくて、養子を迎えて実子だと宣言することにしたのです。段取りは彼がつけました。医師を買収したのです。そのころ、あなたが妊娠しました。病気が悪化して子供の面倒を見られないと聞いたときは、運命を感じました。

ところが今、ギオルゴスは亡くなりました。私は王の未亡人でいたくないわ、リリー。生涯アレックスにわずかなお小遣いをせびりつづけるなんて。ベンは裕福ですばらしい人です。だから彼についていきます。あなたの頭は治ったのだから、赤ちゃんを返しても大丈夫でしょう。

ミア〉

手紙を見つめているうちに、とうとう視界がぼやけてきた。ぼやけるというのは恐ろしいことだ。ただでさえ過去一年間の記憶はぼやけているのに、それがさらにあいまいになり、思い出せなくなる。

アレックスがあんな目で私を見るなんて……。

以前はやさしかったのに。でも、彼が言ったとおり、あれは一夜限りの情熱だった。夢の一夜。現実ではなかったのだ。

私の赤ちゃんは現実にいる。

リリーはベビーベッドを見おろして、胸が締めつけられた。大変な恐怖を味わい、わびしい人生を送ってきたあとの、これは現実だ。この小さな存在は。

リリーはその子を愛の結晶だと思ってきた。

それは間違いない。この子の父親との逢瀬《おうせ》は一度きりでも、身ごもったときには彼への愛を確信した。私は恐怖心で頭がおかしくなりかけていたけれど、恋もしていた。

ドアが開き、メイドが現れた。「授乳の時間です」

「まだ眠っているわ」

「最後の授乳から四時間たちました。規則なので」

「プリンス・アレクサンドロスの言葉を聞いたでしょう」リリーは必死に考えをめぐらした。「私が出発するときまで母親代わりをしてかまわないと言ったのよ。粉ミルクを持ってきて。朝までに必要なものも全部ね。そして二人きりにしてちょうだい」

「その、全部ですか？」メイドは驚いた。

「全部よ」

「でも……私たちは八時間の交替制ですし、一人で赤ちゃんのお世話をするのは無理ですわ」

「大丈夫。子守りは一人でじゅうぶんよ」

「規則では……」

「規則を守るのは明日からにして」リリーはきっぱりと言った。「今日は叔母の私が面倒を見るし、夜もここで一緒に眠るわ。朝まで手伝いはいらないと、ほかのスタッフに伝えてくれない？」

「それではスタッフが困ります」

リリーは窓の外の海へ目を向けた。借りたボートが波に合わせて穏やかに上下している。

私にできるの？

やらないわけにはいかないでしょう？

あのボートは長旅をするには大きさがたりない。

今こそ応援を呼ぶべきだわ。ミアの手紙にはなんと書いてあったかしら？　ベンは裕福で……。

姉には貸しがある。今こそそれを返してもらおう。

「明日になれば育児室は明け渡すわ。でも今日だけは……この子といさせて」

夜ふけになってアレックスはやっとベッドに入ったが、寝つけずに夜明けを迎えた。横たわったまま天井を見あげ、解決策をさぐった。

リリーのことは考えないようにして。

彼女のことを考えると、頭がおかしくなる。僕の人生はただでさえやっかいなことになっているのだ。逃げ道をさがさなければ。

逃げ道はない。僕をがんじがらめにする独裁国家は、時代に遅れすぎて、前に進むこともできない。

そしてリリーが現れた。

彼女のことがなくても、アレックスの頭はすでに飽和状態だった。ああ、どこもかしこも解決しなければならないことだらけだ。身動きがとれない。

それなのに、今はリリーのことばかり考えてしまう。色白の顔、大きい目、以前よりもやせた体。ベッドをともにした夜のことを思い出せないと告げたとき、彼女はひるんだ。

つらくあたりすぎたかもしれない。出ていけだなんて。

そう言うしかなかったのだ。島民はミアの行動で平常心を失っている。きっとリリーの姿にミアを重ねるだろう。リリーにはきっと耐えられない。

島民はずっと、ギオルゴスが死ねば、家やオリーブ畑や漁船の係留権に法外な金額を支払わなくてよくなると期待してきた。ところが、ミカレスの誕生で望みは打ち砕かれた。そして今やギオルゴスが死を迎え、王妃は王の忘れ形見を残して逃げた……。

島民の怒りはもっともだ。近いうちに暴動が起こるかもしれないが、そうなれば大惨事になる。この混乱を切り抜ける方法をさがし出さなければ。

ドアにノックの音がした。

「なんだ？」

「よろしいでしょうか、殿下……」それは育児係のメイドだった。大きく見開いた目で、知らせることがあると訴えている。

「どうした？」

「赤ちゃんがいなくなりました。ミス・リリーもです。入江にとめてあった彼女のボートがありません。彼女が赤ちゃんを、皇太子を連れ去ったんです」

3

六週間後、アレックスはリリーをさがし出した。極秘チームに二十四時間体制で世界じゅうを調べさせ、出生届がアメリカで出されたことがわかったのだ。

〈ミカレス・マクラクラン、生後五カ月、リリー・マクラクランの息子。すぐに出生届を出さなかった理由——出産時に海外におり、産後に病気だったため。父親名は未記載〉

リリーがミカレスを実子として届けている。アメリカ合衆国民として。アレックスは仰天し、ひどく腹を立て、そしてなにより困惑した。

ミアが子供を取り戻すための策略だろうか？　それは筋が通らない。息子を手放したくないなら、連れて逃げることができたはずだ。

リリーを阻止しなければ。ミカレスはダイヤモンド諸島の人々にとって一縷《いちる》の希望なのだ。摂政親王の僕なら、あの子を社会的良心を持った人間に育てることができる。国がよくなるかもしれない。

だが、養育に関して僕の力がおよぶ島内にあの子がいなければ、事態は好転しないかもしれない。

リリーはいったいなにをしているのだろう？　どこにいるんだ？　赤ん坊はどこだ？

ミアと新しい恋人はドバイで贅沢《ぜいたく》に暮らしている。

リリーとミカレスの行方はわからない。

そのとき、調査員から電話がかかってきた。

「彼女は船でアメリカに帰る途中です。ナヒド号は、クイーン・ミアの同棲《どうせい》相手ベン・メルダッドが所有する会社のものです。土曜日にメイン州に入港する予定です」

というわけで、アレックスは二人の部下とメイン州の埠頭《ふとう》に来た。事情を説明して、移民局員にも来てもらった。赤ん坊のアメリカ入国が法的に許可されなければ、すべてが解決する。

到着予定時刻の二分前に、豪華なクルーザーがゆっくりと港に入ってきた。

驚いたことに、リリーは隠れようとはしなかった。色あせたジーンズと平凡な白いTシャツ姿で、デッキに立っていた。この前とは別の、風変わりなスカーフで髪をおおっている。シルクの華やかなものだ。

赤ん坊を抱いている。

アレックスの周囲の男たちがはっと息をのみ、誰かが言った。「赤ん坊を隠そうともしていない」

「彼女は赤ん坊を実子として届け出ています」移民局員が緊迫したようすで告げた。

「いったいなにをたくらんでいるんだ？」アレックスはうなるように言った。

リリーはアレックスの姿を確認すると、明るくほほえんで手を振った。楽しい船旅からたった今戻ったというように。

乗客は彼女だけのようだ。埠頭にクルーザーが綱で固定される間、リリーはおとなしくデッキに立っていた。乗務員が階下から荷物を運んできた。アレックスは待ちきれずにクルーザーに乗り込んだ。

「こんにちは」リリーが明るくほほえんだ。「あなたがいるんじゃないかと思ったわ。探偵業ご苦労さま」

「君は頭がおかしいんじゃないか？」

「いいえ」リリーはほほえみを絶やさなかった。

「なぜそう思うの？」

「赤ん坊をさらったからだ」

彼女の笑顔が陰った。「この子は私の赤ちゃんよ」

「君のだと」アレックスは吐き捨てるように言った。

「ミカレスは私の子よ」リリーは乗組員のほうを向いて笑顔に戻った。「ありがとう、みなさん。どうか、ベンに感謝するとお伝えください。ここからはなんとかなるわ」

「車と護衛を用意しました」船長とおぼしき人物が埠頭を指さしたので、アレックスはそのとき初めて一台のリムジンに気づいた。制服姿の運転手が気をつけの姿勢で立っている。そのうしろには、黒っぽいスーツの男が二人いた。

「護衛なんて必要かしら？」リリーはみんなに問いかけているように見えた。「私は必要ないと信じるわ」アレックスに向き直って、もう一度明るくほほえむ。「あなたしだいよ、殿下。私は自分のものを守るために腕力が必要かしら？」

「言っている意味がわからない」

リリーはアレックスの隣にいる男たちを指し示し

た。「とぼけないで。あなたは私の赤ちゃんを連れ去ろうと思ったのよ」

「その子は君の子供ではない」

「私の子よ」

「失礼」移民局員が言った。「彼は職務に精通し、決定を下す権限がある。「殿下のお話によると、その子はダイヤモンド諸島の皇太子です。キング・ギオルゴスとクイーン・ミアのご子息だそうですが」

「それは誤りです」リリーは言った。「ミカレスは私の子よ。出生届は私の名前で出したわ。この子はアメリカ合衆国の国民です」

「それは証明されていません」移民局員が言った。「あなたは赤ん坊と入国することも、自分の子だと主張することもできません」

「証明なしにはね」リリーは局員の代わりに言った。

「出生届は証明にはなりませんよ」

「そうね。でも、これは証明になるわ」リリーはミカレスを包んでいるショールの下から書類入れを取り出した。「これは私が六カ月以内に出産したという複数の医療機関による証明書です。私が相談したフランスの関係機関は必要な検査を綿密にしてくれました。息子と私のDNA検査結果も添えてあります。この子は私の義兄キング・ギオルゴスのもとに実子として引き取られましたが、それはプリンス・アレクサンドロスに王位を継がせないためでした。でも、この子は私の子です。私が引き取ります」

　リリーはこの問題を片づけるべく、毅然《きぜん》とした態度で臨んだ。移民局員を納得させせなければならない。移民局員の目をまっすぐに見て言った。「ほかにご用件は？　よろしければ、これで失礼します」

　移民局員はすばやく書類に目を通し、やっと口を開いた。「評判の高い機関が含まれていますね」

「最善を尽くしましたから。でも、もう一度検査をするのなら喜んで受けます」

「のちほど連絡します」局員の口調はそれまでとは違った。「書類を精査する必要はありますが、体裁はすべて整っています。帰国を歓迎しますよ」

「ありがとう」これで片づいたわ。神よ、感謝します。リリーは桟橋への渡り板のほうに踏み出した。

アレックスが突然立ちはだかった。

「どいて、アレックス」リリーは言ったが、アレックスは彼女の肩をつかんで押しとどめた。

「いったいなにをたくらんでいるんだ？」

「私は自分の子供を連れていくの」リリーはぐっと顎を上げた。「ミカレスは私の子よ」

「冗談じゃない。彼はミアとギオルゴスの子だ」

「それは嘘《うそ》だと説明したじゃないの」リリーは深呼吸した。しかたない。いつかは言わなければならないことだ。今話すのがいちばんいい。「彼らがなぜ嘘をついたかを考えて、アレックス」

アレックスは怒りを募らせた。「三人で嘘をついたのか？　君はその嘘に加担したのか？」

「私は……病気だったのよ」

「金をもらったんだな」アレックスはぴしゃりと言い、まるで悪臭を放つものでも見るように、豪華なクルーザーを見まわした。「君の家族のことなら知っている。君には自分を養う金もない」

「個人的な話はやめましょう」

「こんなことは筋が通らないぞ」アレックスはリリーの腕の中の赤ん坊を見おろした。クリーム色のやわらかいアルパカのショールに包まれて眠っている。周囲で展開されるドラマにはまるで気づかずに。

「この子はミアの子だ。彼女にそっくりだ。ギオルゴスにも似ている」

「多少は似ているかもしれないわね」リリーはアレックスにだけ聞こえるように小声で言った。「でも、ミアは私とそっくりよ。ギオルゴスはサフェイロスの王族特有の顔立ちだったわ。その特徴を持った人がほかにいるとしたら、誰かしら？　日数を数えてごらんなさい、アレックス。計算してみて」

リリーは弱々しくほほえみ、彼を押しのけて通り、船を降りてリムジンに乗り込んだ。荷物がトランクに積み込まれると、車は走り去った。

アレックスは追いかけなかった。暖かい日ざしを浴びて甲板に立ちつくし、彼女を見送った。

数日間、リリーは息をひそめていた。アレックスが力ずくでミカレスを連れ去ることはないだろう。でも、その危険が絶対にないとは言いきれない。

リリーはマスコミが大騒ぎするだろうと予想した。彼女がミカレスを取り戻せば、王国は解体され、三公国が復活することになるからだ。

ところが、アレックスはなにをたくらんでいるのか、今回の一件をまだ公表していない。その沈黙が不安だったが、リリーには少なくとも息子のことを知り、もっと愛せるようになる時間ができた。

「住み慣れた環境とは違うわね」リリーは息子に新居を紹介した。窓から造船所の作業場が見える。窓のすぐ下で、スピロスと仲間たちが作業をしていた。

リリーももうすぐその作業場へ行く。それがわかっているので、心は穏やかだった。窓を開けておけば、作業場にいてもミカレスの泣き声が聞こえるし、スピロスの妻のエレニは喜んで世話を手伝ってくれるだろう。

うまくやっていけそうだ。

リリーはしばらく、たわんだベッドをおおう色あせたキルトの上に座り、息子を抱き締めていた。

私は息子を笑顔にできるし、育児を楽しめるくらいには体はよくなっている。私の前に広がる人生は果てしない可能性に満ち満ちている。これ以上の幸せはないでしょう？

唯一の心配事といえば、アレックスが現れることだ。まだこの一件は終わっていない気がする。

アレックスは一週間近くかかって、やっと頭の中を整理した。それでもすっきりしなかったが、リリーの言ったことを事実として認めはじめていた。

リリーが移民局員に渡した検査結果は完璧《かんぺき》だった。アレックスは役人がフランスの関係機関に問い合わせる間そばにいて、電話の相手がその結果に疑問を持たれたことに激怒するのを聞いた。リリーは書類の信憑性《しんぴょうせい》を高めるために大変な手間をかけていた。DNAサンプルの採取時には複数の第三者を立ち合わせた。五カ月前に出産したことを証明するための検査にまで、立会人を立てることに同意したのだ。

ミカレスはリリーの子だ。

そして……僕の子でもあるのか？　彼女は本気でそう言っているのか？

アレックスは最後に会ったときの、母親の腕の中で眠る男の子を思い浮かべた。濃い茶色のまつげ。ふさふさした黒い巻き毛。眠っているときでさえほほえんでいた。

かわいい子だ。

あれが僕の息子か。

うのみにするには、あまりに問題が大きい。

しかし、信じようが信じまいが、あの子がミアとギオルゴスの実子でないことは証明された。正式な養子縁組でもなかった。

法的に派生する問題を考えると、めまいがする。

アレックスには助けが必要だった。そこで、金で雇える限り最高の法律学者と政策アドバイザーを雇い、相談した。彼らは古い文書を熟読し、頭をかきむしり、アレックスが知りたくない事実を浮かびあがらせた。

だまされたことを考えれば考えるほど、アレックスはますます不愉快になった。ギオルゴスとミアは故意に島民を欺き、リリーはそれに加担したのだ。

リリーはわざと僕を誘惑したのだろうか？　あの出会いは三人が仕組んだものなのか？　ギオルゴスの死後にミアが手を引いたのは、遺産が自由にならないことに初めて気づいたからだろうか？

ミアが手を引いたから、リリーは子供を取り戻す気になったのだろうか？　彼女の病気とはなんだろう？　六週間前の即位式のときは元気そうだったが。

彼女が名前をあげた医師に質問したが、プライバシーの保護を理由に答えてもらえなかった。王位継承にかかわる問題だというのにか？　僕は情報を得るために、病院の職員を買収するつもりにまでなっているのにだ。

いや、待て。早まるな。先にリリーに直接きこう。

アレックスは内密に弁護士とアドバイザーに相談を続けてきた。ステファノスとニコスにも相談した。最悪の事態が次々と頭をよぎった。

そして、三島を確実に救う唯一の方法を聞かされたときには、うんざりした。

暗い気分で、まだ信じきれないまま、アレックスは例の造船所を訪れた。リリーはそこを定住地として届け出ていたのだ。

アレックスは人目につかないよう、一人で裏口から忍び込んだ。二階の部屋のドアをノックしたが、これはなにかの間違いだと思った。リリーがこんな生活を送っているはずがない。まさか、ミアの妹が。

誰も出てこない。試しにドアノブをまわしてみた。鍵《かぎ》はかかっていなかった。

リリーの部屋はワンルームで、備えられた家具は質素だった。たわんだダブルベッドは、かつては美しかったと思われるパッチワークのキルトでおおわれている。小さなテーブルとキッチン用の椅子、くたびれたアームチェア、小型テレビ。部屋の隅をカーテンで仕切って、クローゼット代わりにしている。

　開け放たれた窓のそばにはベビーベッドがあった。

そこには……そこには……。

ミカレス？　一人ぼっちにされているのか？

だめだ。僕にはベビーベッドの中の子を見る余裕はない。

　この先、そんな余裕ができるだろうか？

　赤ん坊を一人にするとは、どういう母親なんだ？

誰でも入ってこられるじゃないか。

　彼女はミアと同類だ。

　この部屋の主には家具にかける金がなさそうだが、貧困が目につくほどではない。窓にはギンガムチェックのカーテンがかけられ、開いた窓からは、日ざしと作業場からの物音が入り込んでいる。窓辺にはペチュニアの鉢植えが置かれ、一本足でバランスよくとまっている鴎《かもめ》は部屋に入りたがっているように見える。

この部屋は……すてきだ。

　王宮とは大違いだ。

　リリーはどこにいるんだろう？

ミカレス……僕の息子は……ぐっすり眠っている。

　僕の息子。

　彼を抱きあげて連れ去ることもできる。それはどんなに簡単なことだろう？

　僕は赤ん坊をどうしたいんだ？　この赤ん坊を……僕の子供を？

アレックスはベビーベッドを見ないように気をつけながら窓に近づき、外を見た。

　リリーは真下にいた。製作中の船の、木材がむきだしの底にいた。一年前に会った雇主とおぼしき男が、湯気の立つ大きな桶《おけ》から長い材木を引きずり出している。

　驚いたことに、指示を出しているのはリリーだった。彼女は実用的な胸当てつきのオーバーオールと職人らしいブーツ、野球帽といういでたちで、肘まである分厚い革手袋をはめている。スピロスから材木を受け取り、きびしく荒々しい口調で指示を出す。

彼女は受け取った分厚い板に全神経を注いでいた。職人たちが板を所定の位置にはめ込み、リリーがそれを押したり引いたりねじったりしている。二人の男が力仕事を手伝っているが、指示しているのはリリーだ。

アレックスは見入っていた。その材木が完全に船の肋骨《ろっこつ》の形となり、新しい船の骨格の一部になると、リリーはうしろに下がって全体を眺めた。

「いい出来だわ。十本終わったから、あと百六十本よね？　お茶の時間までには終わるわ」

どっと笑い声があがった。リリーも一緒に笑った。

「ミカレスのようすを見てくるわね。授乳の時間なの」リリーは窓を見あげた。

そしてアレックスを見つけた。

アレックスはリリーが驚くと思った。おびえるとさえ思った。ところが、彼女はほんの少し眉を上げて軽く会釈し、それからわざと彼に背を向けて、スピロスのほうへ歩いていった。

「おちびさんにミルクを飲ませに行っておいで」スピロスは心からの愛情をこめてリリーにほほえんだ。そして窓を見あげた。とたんにほほえみが消えた。

スピロスはたっぷり一分間はアレックスを見つめた。リリーからなにを聞いたのだろう？

好ましい内容でないことは明らかだ。

「おやおや、誰かと思ったら」スピロスの口調にはすごみがあった。「どうやらお客様のようだ」

彼は大きな体に敵意をみなぎらせた。今や造船所の仲間たち全員がアレックスを見あげていた。ここは敵の縄張りだ。

アレックスの背後で物音がした。振り返ってみると、中年の女性がドア口に立っていた。豊かな胸の前で腕を組んでいる。動じたようすはなく、作業場の男たちと同じように敵意をみなぎらせている。

　ミカレスを抱きあげて連れ去るのは無理みたいだ。

「なんの用だ？」スピロスが下から尋ねた。「リリーの部屋で、いったいなにをしているんだ？」

「いいのよ」リリーが言った。「彼が来るのを待っていたの。部屋の鍵はかけておくべきだったけど」

「大丈夫よ」スピロスの妻がリリーに声をかけた。「私がいるから」彼女はベビーベッドのほうへそっと歩いていき、アレックスと彼の息子……赤ん坊の間に立ちはだかった。

　アレックスはもう一度作業場を見た。リリーはわずか三メートル下にいる。彼女はやせすぎだ。オーバーオールがぶかぶかじゃないか。みごとな巻き毛は前後を逆にかぶった野球帽の下にたくし込まれ、頬に油汚れがついている。十五歳にしか見えない。

　しかしそのとき、リリーがスピロスに言った言葉を聞いて、アレックスは彼女の容姿について考えるのをやめた。「彼は養育費の支払いを決めるために来たんだと思うわ」

「彼が父親なのか？」スピロスが尋ねた。

「そうよ。あちらはアレクサンドロス。サフェイロスの摂政親王なの」

　少しでも敬意を払ってもらえると期待したのだとしたら、アレックスはがっかりしたことだろう。スピロスの敵意は二倍にも三倍にもなった。ベビーベッドのそばで彼の妻がはっと息をのんだが、それは怒りと軽蔑《けいべつ》によるものだった。

「あなたはどこにいたんです？」スピロスが尋ねた。「サフェイロスのアレクサンドロス殿下。王族ともあろうお方がリリーを子供と置き去りにして……。なにを考えていたんですか？」

　これはおかしい。僕は非難される筋合いはない。

　僕は下へ下りていくべきだ。

いや、あれほどの敵意を向けられていてはだめだ。上からのほうが冷静に話ができる。

「僕は彼女をさがした」アレックスは穏やかな口調を心がけた。「あなたは知っているはずだ」

「前に一度ここへ来たな」スピロスが吐き捨てるように言った。「私だったら、自分の女を地球の果てまでさがしに行くがね」

「私は彼の女じゃないわ」リリーが反論した。

「あいつは君の子供の父親だぞ。君は彼の女だ」

「時代は変わるものよ」リリーは穏やかに言った。

「スピロス、私は彼と話があるの」

「じゃあ、するといい。だが、彼にここにいる権利がないことは忘れてはいけない。窓を開けたままにして、なにかあれば私たちを呼びなさい」スピロスは怒ってふんと鼻を鳴らし、警告するようにアレックスをにらんだあと、彼に背を向けた。

4

アレックスは動揺した。リリーの部屋に入るべきではなかった。おかげで犯罪者になった気分だ。

スピロスの言葉でも罪悪感を覚えた。

〝リリーを子供と置き去りにして……〟

僕にどうやってそれを知れというんだ？

階段に重々しいブーツの足音が聞こえ、ドアが勢いよく開いた。リリーはアレックスを無視して、まっすぐベビーベッドに向かった。

ミカレスはまだ眠っている。

アレックスは赤ん坊を見ることができなかった。この子の父親だという話は真に受けるには重大すぎる。でも、リリーは……リリーを見ることはできた。

彼女は息子の無事に満足し、エレニに向き直った。

「ありがとう、エレニ。ここからは私にまかせて」

エレニはアレックスを冷ややかににらみつけてから、怒ったようすで部屋を出ていった。リリーはアレックスに向き直った。

「あなたはなんの権利があって、ここへ入ったんですか？」

彼女が怒っている！　言葉のていねいさは怒りの裏返しだ。

「それはこっちのせりふだ。宮殿に入り込んで、皇太子を連れ去るとはな」

「この子は皇太子ではないわ。わかっているはずよ」

「君にはなんの権利も……」リリーがエレニと同じように胸の前で腕組みし、子供を守る雌ライオンのようににらみつけた。

「私にはあらゆる権利があるわ。この子は渡さない」

「渡せとは言っていない。どういうことなのか説明してくれないか？」

「なぜ説明しないといけないの？」

「それは君がこの赤ん坊の父親は僕だとほのめかしたからだ。本当に僕なのか？」

「そうよ」リリーはなげやりに答えた。

「つまり、君は息子をギオルゴスとミアに売り渡したわけだ」

「売り渡したわけじゃないわ。この子は私の子よ。あなたが奪うつもりでも……」

「僕は奪いに来たわけじゃない。でも、なにが起きているのか知る権利はある」

アレックスのきびしい口調に、リリーは怒りを抑えようと、顔を真っ赤にして目を閉じた。そしてついに口を開いた。

「しかたない、話すわ。私はあなたと一夜をともにして妊娠した。でも、育児ができる状態ではなかったから、ミアに預けたの。彼女とギオルゴスはミカレスを実子として公表した。てっきり養子にしているのかと思ったわ。でも、違った。おかげで簡単に息子を取り戻せたわ」

「彼らがなにをしているのか調べなかったのか？」

「ええ。妊娠中から具合が悪かったし、姉が息子をかわいがってくれると思い込んでいたから。信じる信じないはあなたの勝手だけど、これが真実よ」

アレックスには信じられなかった。筋が通らない。

「ミアはミカレスが生まれる数カ月前に妊娠を公表したんだぞ」

「そうだったの？」リリーは興味がなさそうだ。

アレックスは頭の中で一連の流れを整理していた。

「ミアは流産の危険がなくなるまで妊娠を知られたくなかったと言った。妊娠が公表されたときは、すでに五カ月目だった。入院したのは、サフェイロスから遠く離れた外国の超高級病院。賄賂《わいろ》を渡して、君の赤ちゃんを彼女の子だと言わせるためか？」

「知らないわ。私にはどうでもいいことよ」

「もう聞きたくない。君がぺてんに加担するとはな」

「私は説明するべきなんじゃないの？」

ミカレスが目を覚ましてぐずりだした。

ミカレス。

僕には息子がいる。

そのことを知って一週間たつが、受け入れるにはもっと時間が必要だ。一年、いや、それ以上は。

アレックスは複雑な思いで、リリーのことを考えた。彼女は喧嘩《けんか》腰で非協力的だ。でも、本当は……。

彼女に恋したのには理由がある。今は怒っているが、本来の彼女は……かよわい。そして、たまらなく魅力的だ。オーバーオールに野球帽、爪先に鋼鉄が入ったブーツといういでたちにもかかわらず。

彼女を見ていると、僕は……。

そんなふうだから、やっかいなことに巻き込まれたのだ。恋愛感情は持ち込むな。事実を突きとめろ。たとえば、彼女が妊娠を僕に告げなかった理由についてだ。

「自分の子供が生まれることを教えてもらえないなんて、僕はそんな仕打ちをされて当然なのか？」

「教えようとしたわ」

「嘘《うそ》だ」

「電話したわ。あれから三週間後に」

「僕らがセックスしたあの夜からか？」露骨な言葉に、リリーは顔をしかめた。

「好きなように呼べばいいわ。要するに、それが私たちの間にあったことよ。愚かで汚らわしいセックス」

それだけではなかったはずだ。それは二人ともわかっている。だから頭が混乱するんじゃないか。

「僕は君をさがし出そうとした」

「ミアに住所を尋ねるくらいはしたでしょうね」

「ミアにはきいたが、無愛想で、喧嘩腰で、くわしい話はしてくれなかった。でも、僕はここにたどり着いた。スピロスが言っただろう。そうしたら君が電話してきた」

「そうよ。自分がなにを言ったか思い出せない？」

「ああ……」

「あなたが思い出せなくても、私は思い出せる。乙女心に突き刺さる言葉だったわ。私は妊娠がわかって、具合が悪いうえに頭が混乱して、こわかった。でも、やっと勇気を出して子供の父親に連絡したのよ。ところが、あなたのせりふときたら、〝リリー、連絡してくれてとてもうれしいよ。認知訴訟なんてひどい仕打ちをするつもりじゃないといいが〟だったわ」

アレックスは黙り込んだ。

たしかに言った。すべてをはっきりと思い出した。アレックスは王子で独身、結婚相手としては申し分ない男だ。自力で富を築き、ギオルゴスの跡取りとして莫大《ばくだい》な遺産を継ぐ立場にあったために、露骨に親しくなろうとする者たちもいた。

　リリーが電話してきた日の朝、アレックスはハリウッドの売り出し中の女優の母親からかかってきた、きびしい非難の電話をうまく処理したところだった。

〝あなたは私の娘と寝たわね。娘が妊娠したわ。結婚するか、さもなくばたっぷりお支払いいただきますからね〟

　その女性とは一度も関係を持ったことはなかった。会ったことすら思い出せなかった。だが、彼女は妊娠し、子供の父親にアレックスの名前を挙げたのだ。ありがちな話だ。

　そして、その十分後にリリーが電話をかけてきた。

　リリーとはベッドをともにした。彼女が姿を消したことに腹を立て、さがし出せなくて落胆していた。それに、用心したから妊娠させたとは考えにくかった。だから、つい冗談めかして言ってしまった……。

〝認知訴訟なんてひどい仕打ちをするつもりじゃないといいが……〟

　彼女は……なんと答えた？　〝いいかげんにして〟だ。それで電話は切れた。

　僕は電話機を見つめながら申し訳ない気分になって、発信元をたどるべきだと考えた。でもそのとき、大嫌いなミアのことが頭をよぎり、悲しい失恋の記憶がよみがえった。ミアの妹にふられたからといって、傷つくだけ無駄だ。それに、電話では、僕はお払い箱にされたように聞こえた。

　だから、その場で決断したのだ。彼女とそれ以上の連絡をとらないようにしようと。

「もう一度電話してくれればよかったんだ」アレックスは言った。しかし、リリーの表情はきびしくこわばっている。

一年以上もの間、僕はリリーを姉と同類と見なし、そのように彼女を扱ってきた。電話の相手がミアだったら、薄情な対応も正当化できただろう。

でも、リリーはミアではない。

さて、これからどうしよう？　彼女は僕に出ていってほしがっている。僕が養育費を支払おうが支払うまいが、それは変わらない。僕と縁を切りたがっていることは明らかだ。

初めて会ったときのリリーは、美しい黒いドレスをさらりと着こなし、化粧はほとんどしておらず、みごとな巻き毛をたらしていた。

僕が宮殿の舞踏室のけばけばしさをあざわらうと、彼女も同意して、くすくす笑った。〝私は少しぐらいのきらきらは好きよ。でも、このシャンデリアにはがっかり。ピンクにすればいいのに。透明なクリスタルガラスは一昔前の流行だわ。スパッツや肩パッド並みにね〟リリーは僕を上から下までじろじろ見て、挑発的に言った。〝タキシードもね〟

僕は彼女に夢中になった。

しかし、今の彼女にあのときのユーモアはなく、目は氷河のように冷たい。

「これ以上話す必要はないわ。あなたはここでは王様ではないんだから」

「どこにいても僕は王様ではない。ミカレスがギオルゴスの息子でないとしたら、僕は摂政親王でもない……」アレックスはこの一週間で考えてきたことをわかりやすく言うための言葉をさがした。「この件を無事に解決できれば、ダイヤモンド諸島はふたたび三つの独立国になる。僕はサフェイロスの大公になるんだ」

「あなたの肩書きなんてどうでもいい。私の人生にかかわらないで」

「僕の息子については、まだ少々の問題が残っているんだが……」

「父親ぶるには正当な資格がいるのよ。あなたがそれを得たという証拠は見当たらないわ」

「自分の息子だとは知らなかったんだ！」

「知ってから一週間よ。その間にあなたはなにをした？　音沙汰《おとさた》なしだったじゃないの」

「どう受けとめればいいかわからなかった。時間が必要だった」

「妊娠検査薬の薄いブルーの線を見たときの私もそうだった。でも、私は産むことしか考えなかった」

リリーはベビーベッドに近づき、守りを固めるかのように、アレックスと赤ん坊の間に立った。

「それならなぜ手放した？　いくらもらった？」

「数百万ドルもよ！」

なるほど、数百万ドルはもらってなさそうだ。じゃあ、いくらだ？　養子縁組もせずに、ただ姉に息子を譲り渡したのか？

本当に病気だったのだろうか？

アレックスはリリーの野球帽に目を向けた。即位式のときも、彼女は頭を隠していた。

癌《がん》だろうか？　しかし、そうは見えない。帽子の下からのぞく巻き毛は、一年前よりずいぶん短いが、刈り込んだというほどでもない。

「病気はどのくらい悪かったんだ？」

「あなたには関係ないわ」

「でも、髪が……」

「手術を受けたの。今は元気よ」

アレックスは言葉以外のメッセージを受け取った。それ以上質問はするな、出ていけと言っているのだ。そこで推測をめぐらせた。

たとえ病状はいくらか軽くても、治療費は高額だったはずだ。保険に入っていなければ、支払いは相当な額になる。ミアとギオルゴスがその費用を支払う代わりに、リリーには育てられない子を引き取ったのだとしたら……。リリーは本当は子供を引き取りたくなかったが、ミアが子供を見捨てたと知って考え直した……。

　それでリリーへの非難が消えるわけではないが、説明はつく。

「私のことはいいから、この問題を片づけましょう。ミカレスがあなたの子であることを否定したいなら、私はかまわないわ。経済的な援助は必要ないし、欲しくもない。子供に面会する権利が欲しいなら、じゃまはしないわ。この子を手元に置けるのであればね。でも、それが最低条件よ。息子は私が育てる」

「彼をここには置いておけない。サフェイロスに連れて帰らなければならない」

「どこへも連れていかせないわ」

「ミカレスは僕の息子のはずだ」

「そうよ」リリーはぴしゃりと言った。「帰って」

「彼は僕の跡継ぎのはずだ。島民は島の子だと思っている。君とミアとギオルゴスはミカレスを島に捧《ささ》げた。島民は彼を温かく迎え入れた。今さら取りあげるわけにはいかない」

「あなたが取りあげるわけじゃないわ」リリーの声は小さいが、語気は荒く、叫んでいるも同然だった。「この私が取りあげるの。この子は私の子よ。私と暮らすの」

　まるでタイミングを見はからったかのように、ミカレスがまたぐずりだした。リリーが抱きあげると、ミカレスは彼女の胸に顔をすり寄せた。リリーの指が小さな男の子の髪を撫《な》でる。

　その光景を見ているうちに、アレックスの心が変化しはじめた。

　ミカレス……。

　僕に似ている。やはり僕の息子だ。

　僕の世界がなんでもありの無法地帯になっていく。

　言ってしまえ、はっきりと。アレックスは追いつめられた気分で、ふたたび自分に言い聞かせた。

「リリー、聞いてくれ。島民は明日をも知れない生活をしてきたから、ミカレスの実の親が明かされても信じないだろう。当然だ。ミアとギオルゴスにだまされたんだから。僕や君を信じる根拠がない」

「私は……関係ないわ」

「関係ある。信じるだけの根拠を島民に与えなければならない。その方法は、正直にふるまい、敬意をもって行動することだ」

「敬意！」リリーはあざけりをたっぷりと含ませた。

「敬意がたりなかったことは認める。でも、僕は正しい行動をとるところを国民に見てもらい、信頼を得る必要がある。ギオルゴスとミアの嘘や、僕がミカレスの父親であることを知らせる。島には尊敬できる王室が必要だし、王室には後継者が必要だ」

　リリーはミカレスの小さな頭ごしにアレックスを見つめた。「そ、それで？」

　結論がすでに読めているのか、リリーは急におびえたようすを見せた。

「ダイヤモンド諸島連邦の情勢は知っているね」

「ええ……」

「経済は破綻《はたん》寸前だ」アレックスは語気を強めた。

　リリーがショックを見せても、言うべきことは言わなければならない。「島民は貧困にあえいでいる。島の土地はすべて抵当に入っているし、債権は外資に渡ろうとしている。島民が僕や僕のすることを信じてくれない限り、破綻は避けられない。僕が私利私欲のために王座につこうとして、この筋書きをでっちあげたと思われてはいけないんだ。リリー、僕は一週間ずっと、この問題を考えてきた。見識の高い法律学者や政策アドバイザーの意見を聞き、議論を重ねて、一つの確実な答えを出した」

「その……答えとは……」

「君が僕と結婚するというものだ」

5

一瞬、アレックスはリリーが気絶するのではないかと思った。血の気のうせた、信じられないという顔で彼を見ている。アレックスはとっさにミカレスを抱きかかえた。

リリーは赤ん坊を渡してしまうほど、あっけにとられていた。アレックスは息子を抱いたまま、立ちつくした。抱き方がわからない。

「言い方が悪かったかな」アレックスは冷淡に言った。「ひざまずくべきかもしれない」

「その必要はないわ」リリーが怒りで顔を赤くした。よかった。怒りのほうがまだましだ。怒りなら対処できる。

「出ていって。私はこれから自分の人生を生きたいと言っているの。あなたの話は絵空事よ」

「違う」

腕の中でミカレスがもぞもぞと動き、父親を見あげてにこにこした。その笑顔に、アレックスは足をすくわれたような気分になった。

僕は怒りを保たなければならない。息子を抱いていては、頭が働かない。

彼は窓際に敷かれた四角いカーペットの上に赤ん坊を横たえた。すると小さな男の子は自力でお座りをして、うれしそうにきゃっきゃっと声をあげた。

アレックスは驚いて彼を見おろした。「もうお座りができるのか。サフェイロスにいたころはできなかったのに」

「知っていたような口ぶりね」

「知っていたさ。ミアがいなくなる前だって、僕はこの子を心配していた。育児係たちもそうだ。母親が気にかけていないように思えたから」

「そう」リリーの声がうろたえているように聞こえた。「アレックス、出ていって」

「それはできない」アレックスは真剣に言い、衝動的にリリーの両手を握った。とても冷たい。しかし、彼女は手を引っ込めなかった。動けなかったのだ。

よし。仕切り直しだ。論理的に話せ、感情をはさまずに。

「これは政治問題だ。君がミカレスを手元に置けば、島々は混乱に陥る。島民は僕が力ずくで王座を奪ったと見なし、本当に反乱が起こる。しかし、僕たちが結婚すれば……」

リリーはとんでもないと、とっさに手を引っ込めようとしたが、アレックスは放さなかった。

「君は理解していないようだな。金の話をしよう」

いよいよ本題だ。金は用意してきた。

「僕のポケットには小切手が入っている。君が夢でも望めないような金額だ。養育費と呼びたければそれでいいが、僕と結婚した瞬間に、それが君のものになる」呆然《ぼうぜん》と見つめてくるリリーに、アレックスは話を続けた。「ビジネスとして考えてくれ。君は僕と結婚する。実際に結婚式をあげ、僕たちが固く結ばれているところを見せて、島民を安心させる。君には少なくとも一年はサフェイロスにとどまってもらう。結婚の取り消しはできない。その後、だんだんと愛情が薄れていくように見せる。島の情勢が安定したら離婚できる。君は好きにしていい。金持ちになって、自由の身だ。僕は国を民主化して、王権を有名無実化できるし、君は生きている限り、なんでも好きなことができる」

リリーが答える前に、アレックスは小切手を差し出した。

リリーはなにも言わずに受け取った。そして額面を見て息をのんだ。

それでじゅうぶんだろう。金がものを言う。結婚すれば、この件は解決だ。

「こんな……本気なの？」リリーはつぶやいた。

「もちろんだ。ほかにもあらゆる方法を考えたが、うまくいくと思えるのはこれしかない」

　リリーはこの人は頭がどうかしているという目でアレックスを見つめていた。

「報酬はほかにもある。この一週間でいろいろと調べあげた結果、君と仕事仲間をワンセットで扱うことを思いついた。君は彼らに強い絆《きずな》を感じているようだし、造船所の経営が苦しいこともわかった。協力の報酬として、スピロスにも贈り物をする。この造船所をサフェイロスに移転させるんだ。費用はこちらで負担する。製造した船の輸出手段は用意するし、世界へ向けて宣伝もしよう。スピロス夫妻は母国語のギリシア語を話せるところで暮らしたがっている。今君がすべきなのは同意することだけだ」

　リリーはなにも言わなかった。信じられないというように、小切手を見つめている。

　彼女はとてもショックを受けている。彼女はとても……。

　美しい？

　そのことは考えるな。これはビジネスの提案だ。それ以上でもなければ、それ以下でもない。法律学者たちはこの案で解決したつもりになっていた。

〝彼女がこの提案をはねつけるはずがありません〟

アレックスはそう言われ、ミアの強欲さを考え合わせて、小切手の金額にもう一つゼロを加えたのだ。

「出ていって」リリーは言った。

　アレックスは動かなかった。

「出ていって」リリーの息づかいは荒く、目がぎらついている。「よくも……」

「自分の息子の母親にプロポーズできるわね、か？」

「あなたの息子じゃないわ」

「君がそう言ったんだ……」

「生物学的にはそうよ。でも、あなたが子供を島に連れ戻したいのは自分のためでしょう？　この話の中で、王制を維持するための道具として以外で、ミカレスの名前は一度も出てこなかった。私の名前もよ。出ていって、もう来ないで」

「小切手の金額を見ろ。提案を断れるはずがない」

「見てなさい」リリーは小切手をびりびりと引き裂いて、足元に落とした。そしてミカレスをすばやく抱きあげ、ドアへ向かった。「出ていって！」

「愚かなことをしたな。もっと欲しければ……」

「愚かなのはあなたよ。わからないの？　私は欲しいものはすべて持ってるわ、今、ここに。大好きな船造りができて、息子を育てることができる。私には未来があるし、自由だわ。プライバシーのない王室に飛び込めば、それが危うくなる。なぜそんなことをしなくちゃいけないの？」

自由だと？　まるで刑務所から出てきたばかりのように言うんだな。

彼女に分別というものをわからせてやらなければ。

「スピロスはどうだ？」

「彼はここで幸せにしているわ」

「それは違う。この造船所は倒産寸前だ。本人にきいてみろ」

「あなたには関係ないことよ」

「すべては君に関係することだ。君は僕と結婚しなければならない」

「結婚する必要はないわ」リリーはドアを開いた。

「出ていって」

「出ていくわけにはいかない。リリー、君は提案を受け入れなければならない。島民は破滅の危機に瀕《ひん》しているんだ。王位継承問題を解決しないと、君主に属している権利が国外の大企業に渡ってしまう。

サフェイロスは金持ちのための高級リゾート地になり、国民は締め出される。ほかの二島も同じ運命だ」

　リリーの顔がこわばった。初めて彼女がためらいを見せた。

　アレックスは口をつぐんだ。

　僕のやり方は間違っているのだろうか？　ミアに欠けていた思いやりが、リリーにはあるだろうか？　彼女は自分の子供を手放した。それは金のため、欲を満たすためだったはずだ。しかし、今は……。

　リリーは顔面蒼白《そうはく》で、気分が悪そうに見えた。アレックスは急に、嫌悪感でいっぱいになった。

　自分が汚らわしく思えてきた。やっていることはミアやギオルゴスと同じだ。赤ん坊を金で買おうとしている。彼女を買収しようとしている。

「出ていって」リリーがふたたび言うと、今度ばかりはアレックスもうなずいた。

「そうする。ことを急ぎすぎたかな。それに、君を誤解していたようだ。もしもそうなら申し訳ない」

「それはご親切に」リリーはあざけりをこめて言ったが、声は震えていた。

　リリーが少しふらついた。

　アレックスはとっさに彼女のほうへ歩いていき、肩を抱いて支えた。

「やめて……触らないで」

　しかし、リリーは逃げなかった――逃げられなかったのだ。片腕でミカレスを抱き、もう片方の手でドアの取っ手を握っていたからだ。「お願い、帰って」

　ああ、彼女の病気はどれぐらい悪かったんだ？

「リリー、大丈夫か？」

「大丈夫よ」リリーはなんとかもちこたえた。彼女が離れようとするので、アレックスはしかたなく手を離した。

　それは変だ。彼女が急に……かよわく思えた。なに一つ筋が通らない。

僕がこの部屋に入り込んだときは、リリーのせいで面倒なことになったという怒りの感情しかなかった。どんな代償を払おうとも、敬意をもってふるまおうと心に決めていた。ところが今は、彼女を守りたいという気持ちしかない。

リリーも腑《ふ》に落ちないようすだ。恐怖となにかほかの感情が入りまじったような顔をしている。

落胆だろうか？　いつの間にか頭に浮かんだその言葉はなかなか頭から離れなかった。

僕が彼女にしたことに対する落胆だろうか？　僕の提案を受け入れられないという落胆だろうか？

彼女は僕を利用したのだろう。おそらく妊娠は計画的だったのだ。しかし、このやり口は……腹黒い。

一年以上前の彼女は、なんとかわいかったことか。一緒に踊り、僕をからかい、ふざけて僕のまねをしてみせ、僕をとりこにした。あの快活さを奪うほどのなにが彼女の身に起きたのだろう。

「リリー、僕は帰る」アレックスは彼女の顔に安堵《あんど》の色が広がるのを見て、内心たじろいだ。そんなに僕を恐れているのか？「来るのが早すぎた。きびしいことを言いすぎてしまった」

「そうね」リリーはきっぱりと言った。

破かれた小切手は床に散らばったままだった。アレックスが去ったあとにかき集めて元どおりにするには、あまりに紙片が多すぎる。

アレックスの視線の先を見て、リリーは彼が考えていることを推測した。

「そんなまねはしないわ」リリーはふたたび怒りで顔を赤くした。

「わかってるよ」

「あなたは私のことをなにも知らない」

アレックスはより多くのことを知りはじめていた。

リリーの腕の中からミカレスが興味深げにアレックスを見ている。

彼は僕の子供だ。

小切手一枚で片がつくなどと、僕はよくも思い込んだものだ。今ではとても愚かな方法に思える。リリーがミアの妹でなかったら——金を巻きあげるための陰謀だと決めてかからなければ——僕はどんな方法をとっただろう？

彼女にはないと決めつけた良心に訴えるか？

彼女に良心があるなら、失うものはなにもない。得るものばかりだ。

「インターネットに接続できるか？」

彼の簡単な質問に、リリーは不意を突かれた。

「え、ええ……」

「それなら僕は帰る。ただし、君にしてもらいたいことがあるんだ。僕の国の新聞社のウェブサイトを見てほしい」アレックスは名刺を取り出して、アドレスをいくつか書き込んだ。「そして、この男たちに連絡してくれ。彼らが参考になる話をしてくれるだろう。それで僕の話が本当だと納得してくれるといいんだが。島は崩壊の危機に瀕している。僕が君と結婚する以外に、救える道はない」

「でも、私は結婚したくないわ。自由でいたいの」

「自由？」

「そう、私は自由よ。生まれて初めて、前に進むことができるようになったの。好きなところへ、好きなときに。なのに、結婚だなんて……」結婚は地獄のようなものだと言わんばかりだ。「よくも私にそんな頼みごとができるわね。資格もないくせに」

僕との結婚がそんなにいやなのか？

僕はそこまでいやなやつなのか？

気にするな。僕にできるのは、彼女に事実を伝えることだけだ。「僕にはほかに選択肢がない。君に良心があるなら、それは君も同じだ」

リリーの怒りが目に見えてわかった。もしも彼女の手が空いていたら、僕は平手打ちされていただろう。そのほうがおたがいにすっきりしたかもしれない。二人の間にわだかまったものを発散する必要がある。やり場のないわだかまりが緊張感を増していく。

「とにかく、その男たちに話をきいてみてくれ」

「出ていって」

「また明日来る。リリー、僕たちには時間がない。真剣に考えてくれ。僕と君はサフェイロスの運命を握っている。僕たちは結婚しなければならない」

リリーはうろたえてアレックスを見あげた。怒りが困惑に変わった。

「きっと結婚はさほど悪いものじゃないよ」

アレックスはミカレスをリリーの腕から持ちあげて、もう一度床に下ろした。本当に愚かなことだが、そうせずにはいられなかったのだ。

アレックスはリリーの顔を両手で包んだ。

そしてキスをした。


それは軽い、なにも要求しないキスだった。アレックスにもそれくらいの分別があった。しかし、一年前のあの夜に分別がなかったわけではない。彼の体はなにが欲しいかを知っていた――彼女だ。

唇を軽く触れ合わせるだけのキスは蜂蜜《はちみつ》のように甘かった。そうやってつながっていることは、本質的に正しいことだと感じた。この瞬間まで切り離されていたことにすら気づかなかった自分の一部と、ふたたびつながったような気がした。

リリーはキスを返さないが、逃げもしなかった。

僕はさらに先へ進めるべきだろうか？

僕の体は、キスを激しくしろ、彼女が築いた防御壁を押しのけろと言っている。

頭はそれとは反対のことを叫んでいる。彼女にはすでにかなり無理な要求をしている。王室の継続はこの女性の決心にかかっている。無理強いすれば、彼女は逃げてしまうかもしれない。

　この先へ進んではいけない。しかし、キスしたことは正しいと思う。自然なことだ。リリー……。

　状況は変わりつつある。

　突然、リリーが主導権を握ったのだ。

アレックスはビジネスの提案をした。それなのに、なぜ私にキスしているの？

抵抗するべきよ。キスを許してはいけない。

なのに、私は抵抗もせず、彼に主導権を握らせ、キスをさせている……。

どうしてこうなったの？　なぜ許しているの？

　理由はわかっている。私は確かめずにはいられないのだ……覚えていることが現実だったのかを。

　この数カ月間、私は自分に言い聞かせてきた。アレックスに対する恋心は、時と場所と雰囲気の相乗効果によるものだと。それだけのことだと。

でも、確かめなければならない。

　そして愚かにも、私は確かめようとしている。

　アレックスのキスはためらいがちで、物問いたげだった。そのとき初めて後悔の念が芽生えるのを感じた。記憶にあるキスとは違ったのだ。

　それでもリリーはさらに唇を押しつけた。彼の頬を両手ではさみ、顔を引き寄せてキスを返した。

　すると、奇跡が起きた。

　私はあのとき、この人に激しく恋をした。そして今、その理由を思い出した。いいえ、思い出すまでもない。それは頭と体に刻み込まれている。

興奮。うずく欲望。肉体的な魅力。

　リリーの意識にあるのはこの男性と、重ねられた唇と、密着した体のことだけだった。彼の味、彼の感触、男らしい香り。

　悪夢のようなこの数カ月間、リリーは彼のことを思い出した。それらの記憶は、病気と孤独からくる想像の産物に違いないと考えた。

でも、これは現実だ。ここにアレックスがいる。

私のプリンス。私の恋人。

リリーは夢中でキスをした。指をアレックスの髪にからめて、彼を引き寄せた。もっと近くに。

このつかの間にだけ、彼の香りを楽しみ、唇を味わい、抱き締めることができる。彼が本当に自分の恋人であり、未来を託す相手であり、すべてがおさまるべきところへおさまるだろうと装うことができる。永遠の幸せが手に入るふりさえできる。

きっと永遠の幸せは手に入らないだろう。大切なのは今だ。今、ここにいるアレックスだ。

リリーの体に欲望の火がつき、かつてと同じ興奮を感じた。彼女は彼を激しく求めた。服を着たままで。唯一の接触点である唇で。

この場で今すぐに抱かれてもいい。避妊具もなく、未来への希望もないにもかかわらず、リリーは夢中で考えた。あるのは燃え盛る欲望だけだ。

アレックス。

彼の体はすばらしい。想像を絶するほどエロティックだ。私をしっかり抱き締めている。力強く温かい両手で腰のくびれをつかみ、胸を押しつけてくる。まるで私を欲しがるかのように……。

もっと体をくっつけることができたら……。

そのとき、ミカレスが足元で声をあげた。

ミカレス。

私の赤ちゃん。

リリーは一気に現実に引き戻され、やけどをしたかのようにアレックスから離れた。

ミカレスを持ちあげて、彼を盾に身を守ろうとするかのように、胸に抱き締めた。

私は自制心を失ってしまった。またしても。あのときからいろいろとつらい目にあったというのに。アレックスに触れられただけで、私はまた彼を信じている。

信じることは苦しむことだ。信じれば裏切られ、悲しみに暮れることになる。

この男を信じてはいけない。

こんなことはやめなければ――今すぐに。

僕はすべてをぶちこわしてしまったのだろうか？

ここへはビジネスの提案をするために来た。彼女を誘惑して、言うことを聞かせるつもりはない。

感情を交えない交渉に戻さなければ。

「僕たちはこういうことはしてはいけない。感情は交えずにおこう。でないと、すべてがだいなしになる」

「そのとおりだわ。なぜあんなことをしたのか、自分でもわからない。そんなつもりではなかったのに。あなたには触れてほしくないわ」

それは嘘《うそ》だった。二人ともそのことには気づいていた。しかし、リリーはその言葉の裏でおびえている。アレックスにはそれが不可解だった。

以前は喜んで僕の胸に飛び込んできたのに。妊娠を経験して、根源的ななにかが変わり、僕の影響力におびえているのだろうか？

「私は自由でいたい」リリーはきっぱりと宣言した。

それはどういう意味の要求なのだろう？

自由なら与える用意は十二分にできている。結局、僕が欲しいのもそれではないのか？

「自由は与える。だが、僕との結婚が先だ」

「できないわ」

「できるさ。ミカレスのためだ」

「あなたがミカレスを連れ戻したいのは、彼のためじゃなくて、島のためだわ」

アレックスはためらい、小さな男の子に目を向けた。ミカレスは穏やかに見つめ返してくる。僕の目と似ているだろうか？

「これは事務的な判断だ。よく聞いてくれ。さっきのキスは間違いだった。僕たちが私情をはさめば、うまくいかなくなる。無理強いはしたくはないが、やむをえない。国の運命がかかっているんだ」

「そうね」

「提案について考えてくれないか？」

「わかったわ。さっさと出ていって」

おやすいご用だ。同意を取りつけたんだから。ここにとどまる理由はほかにない。ないだろう？

「私が同意しても、私たちは自由でいられるのよね？　あなたに恋するのは二度とごめんだわ」

「僕に恋を？」

「そうよ。人生をだいなしにしたのも、すべては恋に悩むティーンエイジャーみたいに行動したせいよ。あなたにキスされて、私はまた愚かなティーンエイジャーになった。あなたの言うように、道義的な必要で結婚をするなら、ビジネスとしてしましょう。それ以上はなしよ。私には二度と触らせないわ」

「僕はむしろ……」

「触りたくない？　じゃあ、触らないで」

「リリー……」

「もうたくさんよ。考えておくわ。宿題はちゃんとやるから。そのうえでどうしても必要なら、条件をまとめる。でも、その中にキスは含まれないわよ」

「それは残念だ」アレックスはほほえもうとしたが、リリーが顔をしかめた。

「結婚しなければいけないのなら、法律が必要とすることをきちんとしましょう。それ以上のことはしない。もしも夫婦間の権利の行使を遠まわしにでも、しなければならないとしたら……」

「夫婦間の……」アレックスは念を押すように言い、思いきってほほえんでみた。

リリーは笑みを返さなかった。「いいかげんにして。出ていって。とにかく、なんであれ強制はさせないわ。〝夫婦間〟の意味はわかっているはずよ」

「わかってるよ」

リリーがにらみつけてくる。彼女は考えておくと約束した。これ以上長居しても得るものはない。

僕は望むものを手に入れた。

そうだろう？

アレックスの足音が聞こえなくなると、リリーはドアを閉めて、そのまま寄りかかった。全身が震えている。

結婚する。アレックスと。

いや、いやよ、いや。

ほかの人との結婚なら、ここまでいやではないだろう。なぜいやかというと、アレックスと結婚すれば、降伏することになるからだ。

彼にキスされて、私は降伏した。一年前にちょうどそうしたように。私はなにも学んでいないの？

アレックス。

リリーは窓に近づいて外を見た。アレックスはちょうど窓の下で、スピロスに話しかけていた。

造船所の移転話をもうしているの？

スピロスは喜ぶだろう。彼とエレニがこの国に来たのは、大好きな船を造って生計を立てるという夢のためだった。それがサフェイロスでかなうとなれば、すぐにでも行くだろう。

スピロスの夢を実現できる――私が承諾すれば。

私がアレックスと結婚すると約束すれば。

リリーはミカレスと一緒に床に座り込み、膝を抱えた。とても疲れた。孤独で不安だ。

アレックスは私にキスをした。

一番の不安材料はそれだ。彼といると本当の自分が出てしまう。気が弱くて、欠点ばかりの自分が。

「愛は盲目だわ」リリーが声に出して言うと、ミカレスが真剣な顔で見返した。「愛はトラブルを引き起こすだけよ。愛は……あなたをもたらした」

私の息子がサフェイロスの王位継承者になる。父親の志を継ぐ、正当な継承者になるのだ。

信じがたい……恐ろしい話だ。

リリーは立ちあがり、窓のそばに戻った。アレックスはまだ下にいた。スピロスがほほえんでいる――懐疑的な表情で。彼が窓を見あげたので、リリーは身を隠した。

脅迫よりたちが悪いわ。アレックスは島民の運命を、スピロスの運命を、私の手にゆだねた。

彼の話が嘘だとしたら？　今の時代に、惨事を防ぐ手段が政略結婚しかないなんて……信じられない。

提案を受け入れることは、崖《がけ》から飛びおりるようなものだ。しかも崖下になにがあるかわからない。わかっているのは、崖下になにがあるにせよ、そこに達する前に落下の勢いで命を落としかねないということだ。

6

『サフェイロス・タイムズ』紙の見出しより。

八月十四日

〝王室スキャンダル――隠し子〟

〝王位維持のために王妃が妹の子供を利用〟

八月十六日

〝ぺてんのあとは、摂政親王が実権のある大公に〟

八月二十一日

〝島々にいにしえの血統が復活〟

〝一王国から三公国へ。島民歓喜〟

八月二十三日
〝DNA鑑定が証明、赤ん坊は王位継承者！　アレクサンドロスが情事を告白〟
〝プリンスが王妃の妹と結婚へ〟
〝プリンスが明言。リリーは立派なプリンセス〟
〝月末までに結婚へ〟

　リリーがとんでもない提案に驚かされてからほんの二週間で、事態は〝とんでもない〟から〝とてつもなく恐ろしい〟ことになってしまった。リリーは大聖堂の入口に立ち、花嫁になろうとしていた。

　私は頭がおかしくなってしまったの？

　きっとそうだ。でも、アレックスに言われた調べものをしたところ、読むものすべてが彼の言葉を裏付けていた。ギオルゴスと彼の先祖はダイヤモンド諸島を荒廃させた。島を救うには元の状態に戻すしかない。本来支配すべき一族の手に島を返すのだ。しかし、島民に信頼されないままでは……。

　リリーは考えつく限りさまざまな角度から検討したが、逃げ場はなかった。スピロスの希望に満ちた顔を見た瞬間から、するべきことはわかっていた。

　アレックスは翌日にまた現れた。リリーは答えを用意していた。

「結婚するわ。一年間だけ。私に手を触れたら契約は終了。名目だけの結婚よ。わかった？」

「それが僕の望みだ」アレックスはリリーの反応をはかりかねたようすで付け加えた。「これは結婚だよ、リリー。絞首刑ではない」

「これはぺてんよ。好きでするわけじゃないわ」

「それは僕も同じだ」

　そしてアレックスは立ち去った。結婚式は月末に決まった。それからはジェットコースターのようだった。いや、雪崩さながらだった。

準備、準備、準備。電話でアレックスと形だけのそっけない会話を交わし、官僚とは延々と話しながら、すべてを準備する。ウエディングドレスから、式の間にミカレスにくわえさせておく見栄えのいい白いおしゃぶりまで。

　途方もないことだが、リリーはあきらめた。そんなに途方もないことばかりなら、冗談が受けなかったときのように、目をつぶってやりすごすまでだ。

　こうしてリリーは結婚式の日を迎えた。

　二カ月前にアレクサンドロスが即位式で宣誓した大聖堂に、彼女は今まさに入ろうとしていた。この前は正体を知られないようにそっとすべり込んだ。

　今は……全員が起立して彼女の入場を待ち、アレックスは祭壇の前に立っている。中央で待っているのは大主教だ。

　リリーは中央通路を歩きだそうとしていた。一人で。


「スピロスに引き渡し役を頼むといい」アレックスにはそう言われた。「僕にはステファノスとニコスがついてくれる。君にも付き添い人が必要だ」

「誰も必要ないわ。式は役所ですませばいいのに」

「豪勢にすることで、この結婚が本物だと思わせて、島民を安心させるんだ。君が僕の妻であることを疑われてはいけない」

「私はあなたの妻ではないわ」

「妻だよ。君は同意したじゃないか」

「島が安定するまではね。そこで終わりよ」

「じゃあ、それまでは君に恥をかかせないように努める」口調が違っていれば思いやっているように聞こえただろうが、アレックスの口ぶりにこめられているのは義務感そのものだった。「国でも君の体面を保つようにするから、君自身も恥ずかしくないふるまいをしてくれ。それが国の安定につながるんだ。君も王族らしく着飾るんだぞ」

「本格的なロイヤル・ウエディングにするの？」ミアの結婚式には出席しなかったが、報道では見たことがある。あれと同じことをするのかと思うと、ぞっとした。「私の着るものまで命令するつもり？」

「ドレスを新調する時間はないから、歴代のロイヤル・ウエディングで使われたドレスを直して着るといい。ミアのを着てもかまわないよ」

アレックスは電話の向こうの沈黙に気づいた。

「やっぱり、ミアのはやめよう。でも、君に合うドレスはきっとある。豪華なものを新調する時間はないが、きちんとしないと」

かまわないわ。もう反論する気も失《う》せた。

リリーは四日前に島に飛行機で到着し、すぐさま王族の製造ラインに乗せられ、宮殿に用意された部屋へ案内された。婚姻継続中はそこが自分の部屋になるのだろう。その部屋は贅沢《ぜいたく》きわまりないものだった。ミカレスについては王室専用の育児室の利用を提案されたが、彼女は拒否した。今、部屋の隅にはベビーベッドが置かれている。息子を手元に置けるなら、住むところはどこでもかまわなかった。

こうして、リリーは指示どおりにするべきことをした。アレックスと会うことはほとんどなく、姿を見かけても、彼は宮殿のスタッフや弁護士、顧問に囲まれていた。

リリーには複数の弁護士があてがわれた。大混乱のさなかに、この一点だけはきちんとしてもらえたことに彼女は驚いた。彼らはリリーのために雇われた優秀な弁護士で、彼女を守るための婚前同意書を綿密に書きあげてきた。これで結婚が終了すれば出ていくことができる。ミカレスと頭がくらくらするほどの額のお金とともに。

お金はいらないと訴えてはみたが、弁護団はあっさりと無視した。

「この婚前同意書は公にされます。プリンスが妻子を適切に扱っていることを示さなければなりません」そう言われて、リリーは口をつぐんだのだった。

そして今……オルガンが奏でるウエディングマーチが高らかに鳴り響いた。一気に現実に引き戻される。王族の製造ラインに乗せられたリリーは、ベルトコンベアの端から押し出され、このときを迎えた。

私は……私ではないみたいだ。滑稽《こっけい》なまでに大げさな花嫁衣装で完全装備した生き物の中に閉じ込められて、大聖堂の中で結婚しようとしている。

扉が大きく開いた。中央通路の先にいるのは……アレックスだ。

もしかしたら、一人でこの通路を歩くという決断は間違いだったかもしれない。今ならスピロスの腕を頼ってもいい。頼れるものならなんでもいい。

歩きださなければ。

アレックスが待っている。

いいえ。あれはアレックスではない。私が別人の中に閉じ込められているように、通路の先にいる男性は、軍服に身を包んだ見ず知らずのどこかのプリンスだ。そして彼が待っているのは、レースにあしらわれたビーズの輝くドレスをまとった女性だ。六メートルもの裳裾《もすそ》を引き、ティアラには三重のベールが取りつけられている。そのティアラは王室の金庫室から出してきたのだと着付け係がため息まじりに言っていた。王の身の代金にできるほどの価値があるそうだ。

リリーは脚が凍りついたようだった。

みんなが私を見ている。みんなが待っている。

深呼吸をして。式をすませて、自分の人生を始めるのよ。

リリーは通路を目で追った。アレックスが笑顔を向けてくる。

私のプリンス。

だめ。〝プリンス〟だと思うと、足が動かない。

私にほほえみかけているのはアレックスだ。私の息子の父親だ。

リリーは足を踏み出した。待っている花婿をまっすぐに見て、必死にほほえみを返した。

私にはできる。

アレックスと結婚できるわ。


アレックスは、スピロスに引き渡し役をしてもらうよう、リリーに提案した。ところが……。

「いやよ」リリーは言った。「本当の結婚式を挙げることがあれば、スピロスに頼むけど、今回は違う。政略結婚では頼まない」

そういうわけで、リリーは一人ぼっちだった。アレックスがそれを実感したのは、大聖堂の扉が大きく開いて、彼女がぽつんといるのを見たときだった。彼女は静かにじっと立っていた。プロポーズを承諾した瞬間からずっと変わらない、この流れに身をまかせると決意した表情だった。

「うまくいくかもしれないな」隣でニコスが言った。

アレックスは安定した足取りで歩いてくるリリーを見守っていた。彼女は堂々として美しく、頭を高くもたげている。豪華なドレス姿が麗しい。参列者の期待どおり、アレックスは無理やり彼女にほほえみかけていた。しかし、なんとなく胸が痛んだ。

「うまくいかないわけがないだろう？」アレックスが不満げに言った。

「島民は彼女を第二のミアだと毛嫌いしている」ニコスが耳打ちした。「でも、彼女を見れば、ミアとの違いは明らかだ。ミアには十二人の花嫁付き添い人がいた。宝石をたくさんつけて、まぶしくて本人が見えなかった。リリーは違う。素朴で美しい」

素朴で美しい。アレックスにはそれがロイヤル・ウエディングにふさわしい言葉には思えなかった。

リリーは金のためにこんなことをしているわけで

はない。僕が書いた小切手は破られたままで、代わりの小切手は振り出していない。離婚したときのために弁護士が婚前同意書に記載した金すら断ろうとした。〝あなたがミカレスの養育費を支払うのはかまわない。それ以外はいらないわ〟彼女はそう言ったのだ。

　この結婚式を……この婚姻を……彼女はサフェイロスのために引き受けている。見返りを求めずに。アレックスはまだそれを信じてはいなかった。信じられなかった。ミカレスが実の子だと知って以来抱きつづけてきた怒りと不信感はまだくすぶっている。

　この結婚式を早くすませてしまおう。

　リリーがすぐそこまで来ていた。アレックスはほほえみ、彼女もほほえみを返したが、彼にはそれが作り笑いであるとわかった。

　一年前に見たほほえみとは違う。この女性は僕と体を重ねたリリーではない。見ず知らずの、無理強いされている女だ。

　今すぐに彼女の手をつかんで出ていきたい。アレックスはそんな抗しがたい衝動に駆られた。それは結婚したくないからではない。この結婚そのものが間違っているという気がするからだ。

　アレックスはリリーの手をつかんだ。その手は氷のように冷たく、握り返してもこない。

　アレックスの笑顔が列席者のためのものだと気づいて、リリーからほほえみが消えた。アレックスは彼女の顔を影のようなものがさっとよぎるのを目にした。心が痛むのだろうか？

　なぜ彼女が心を痛めなければならないんだ？

　これは形だけの儀式だ。僕たちがしなければならないことだ。

「なぜアントニオ神父に頼まなかったんだ？」ニコスにきかれたとき、アレックスは答えなかったが、答えはわかっていた。

もしも本当に結婚することがあれば、アントニオ神父に挙げてもらうつもりだ。

これはただの政略結婚だ。

二人はそろって大主教のほうを向いた。

「私たちは、この男と女を一つにするためにここに集い……」

格式張った披露宴には、ダイヤモンド諸島をはじめとする諸外国からの要人が集まった。サフェイロス湾の突端に位置する王宮の敷地内に巨大な天幕が張られ、要人のスピーチが延々と続いた。

これは単なる結婚祝賀会ではない。三つの国が独立し、希望を見いだしたことを祝う場だ。島民はリリーとアレックスのことはそっちのけで喜んでいる。

三国の独立をもたらしたのはリリーかもしれないが、マスコミや島民は、彼女が大きな玉の輿《こし》に乗ったと考えている。好感を持つ必要がどこにある？

彼女には礼儀正しく接する必要すらないのでは？

その日が進むにつれて、島民は次々とアレックスを祝福したが、花嫁のことは慎重に観察していた。

彼女はミアの妹であり、ミアは嫌われている。ミアと同じように、リリーも人をだまして王家の一員になったと島民は疑っているのだ。

彼女を守るためにアレックスにできることはないに等しかった。あからさまに中傷されたわけではない。まなざしや祝福を述べる口ぶりにかすかにそれをにおわせつつ、島民はアレックスだけを見て、リリーと握手するときも彼女とは目を合わせないのだ。

しかし、アレックスは認めざるをえなかった。中傷や警戒の目にさらされているにもかかわらず、リリーは堂々とふるまっている。美しい花嫁だ。

型通りの昼食会と披露宴の間、リリーはほとんどしゃべらなかった。話しかけてくる人々には礼儀正しく対応したが、反応は控えめだった。

リリーはミカレスを抱いているエレニを見ていた。アレックスはそれを何度も目撃した。

リリーは子供を取り戻したがっているだけではない。人生を取り戻したいのではないだろうか？

礼儀正しくふるまうには忍耐がいった。彼女が逃げ出したら、すぐさま僕も逃げられるのに。しかし、日が傾くころには、アレックスに限界がきた。バンドが演奏を始め、芝地にダンスフロアが設けられた。お祭り騒ぎは夜ふけまで続く。でも……。

「逃げ出したいのか？」アレックスが尋ねると、リリーの顔にまぎれもない期待感がぱっと広がった。

「逃げていいの？」

「パーティは僕たち抜きでも続く。島の北端に僕の家があるんだ」アレックスがこの案を思いついたのは、昨日ニコスにハネムーンの予定をきかれたときだった。二人で仲むつまじくしているように見せかける必要がある。だが、島を離れる暇はない。

リリーを隠れ家に連れていきたくはないが、そうしないと、宮殿のバルコニーでお決まりのキスを披露することになる。アレックスはぞっとした。

「そこでなら二人きりになれる」

「ハネムーンのつもり？」リリーは顔をしかめた。その表情も板についてきた、とアレックスは思った。

「遠くへは行けないけどね」

「あなたと私と、ほかに何人の召使いが行くの？」

「君と僕だけだ」リリーが不安そうな顔をしたので、アレックスはすぐに付け加えた。「ミカレスも」

リリーはとたんにほっとした顔になった。「あの子を連れていってもいいのね？」

「あたりまえじゃないか」

「今行くの？」

「そうだ」

「じゃあ、なにをぐずぐずしているの？」

7

二人は婚礼用の馬車で出発することになった。金色に塗られた四輪馬車の壁にはサフェイロスの紋章があしらわれている。内装は白い革張りで、サテンのクッションも白い。まさにシンデレラの世界から抜け出てきたような馬車だ。

リリーがアレックスの手を借りて馬車に乗ると、世話係が彼女のドレスの裳裾《もすそ》を慎重に車内におさめた。

アレックスが馬車に乗り、彼女の隣に座った。

エレニがミカレスを手渡した。

今日はとても大変な一日だった。ほっとする暇もない。でも、これは……まさに夢の世界、すべての少女の夢だ。すてきな王子様と金色の馬車でさっそうと出発するなんて。

昔読んだおとぎばなしに赤ちゃんは出てこなかった。でも、ミカレスは間違いなくここにいる。

それでも、私のすてきな王子様は隣に座っている。とびきりハンサムな王子様だ。威厳があり、房飾りのついた服を着て、剣を携え、正統なプリンスが持つべきものをすべて備えている。

私もプリンセスのように見えるのだろう。真っ白なサテン地とレース、精巧なビーズ飾り。ティアラにはなんとダイヤモンドがちりばめられている。

馬車を引く四頭の馬は頭を高くもたげ、毛並みはつややかで、金色のハーネスとはみのほか、革製の馬具を装着し、頭には白い羽根飾りまでつけている。

御者もアレックスに劣らないみごとな制服を着て、シルクハットをかぶっている。

ほかにも馬に乗った者が馬車の前後に八人ずつ付

き添っている。近衛騎兵隊だろうか？

そのうちの一人が持っているのは、おむつバッグかしら？　リリーはあえて尋ねなかった。誰かが忘れずにいてくれたのだと思いたいが、プリンセスが立ちあがって、おむつのことを尋ねるというのは……。やはり、やめておこう。

リリーはくすくす笑いたくなってきた。

彼女の膝の上でミカレスが急に体をゆすった。抱き締めてやると、うれしそうにきゃっきゃっと声をあげて、ティアラに手を伸ばす。

リリーはこらえきれずに声をあげて笑いだした。すると、アレックスが気は確かかという目で彼女を見つめた。

「いったいどうした……」

「だって、シンデレラとすてきな王子様に赤ちゃんがいるのよ」リリーはにっこりして、ミカレスを父親の膝のほうへ持ちあげた。「さあ、この子はあなたが抱いて」

リリーはアレックスの表情を見て、くすくす笑った。そして、テレビで見たように、群衆の期待に応《こた》えて笑顔で手を振った。

「あなたは手を振らないの？」

「この子をつかまえていないといけないんだ」

「しかたないわね。私があなたの分も振るわ」

唖然《あぜん》とするほどの光景ではあるが、リリーは笑顔を絶やすわけにはいかなかった。震えるほど緊張している。でも、結婚式は終わったし、一度もころばなかった。記憶にある限りでは失言もしていない。

私は結婚した。

これは本当の結婚ではない。真の意味での夫婦にはならない。でも、私は結婚した。アレックスなどこわくないわ。彼は信用ならないけれど、信用する必要もないのかもしれない。これは政略結婚だ。私が冷静さを保ち、自立心を失わずにいれば、この状況を楽しめるかもしれない。少しだけなら。

手を振りなさい。ほほえみを絶やさずに。隣で息子を膝の上にのせている男性のことは考えないで。

私の息子の父親のことは。

私の……夫のことは。

こんなことはばかげている。ここは僕の居場所ではないのに。

ああ、それでもやるしかない。島民は僕が大公になることを必要としているが、僕の全神経は逃げろと叫んでいる。マンハッタンに帰れ、自分のオフィスに閉じこもって庭園の設計をしろと。

この十年間、庭園の設計が僕の生きがいだった。子供のころは召使いだけが友達だった。年老いた庭師がかわいがってくれて、宮殿の庭がとても楽しい場所になった。

母親が帰国を許されたときは、二人で庭造りをした。ともに過ごした二年間はいきいきしたものになった。

その後、軍隊に入ることでやっと伯父から離れ、経済的にも自立して、庭園の設計を続けてきた。国際的なコンテストに出品したこともある。

その出品作が人生を変えた。

これは僕の人生ではない。ギオルゴスの時代をずるずると引きずっているだけだ。リリーは先の王妃の妹だ。僕の隣で群衆に手を振り、笑みをたたえているこの女性は、おとぎばなしのプリンセスだ。ミアのように芝居をしている。彼女は時がたてば出ていくことができる。

一方、僕は……現実を押しつけられている。

自分の息子の姿をした現実を？

理想に燃える若者として僕が夢見たのは、国を統治し、島の繁栄のために努めることだった。そのための権限を手にすることだ。

おとぎばなしに出てくるような妻と小さな息子と一緒に、おとぎばなしに出てくるような四輪馬車に乗ることになるとは夢にも思わなかった。

リリーが群衆に手を振っている。まるで心からそうしているかのように。楽しんでいるのだろうか？

僕はこの状況をうまく利用できるかもしれない。島民がリリーを受け入れたら、彼女はここにとどまり、プリンセスになりきってもらう。僕は重要な決定を下す権限を得て、さらにもう一つの人生に逃げ込む時間が持てる。大好きな庭園設計ができる。リリーを表看板にする。一考の価値ありだ。

結論を出すにはまだ早いだろう。僕は彼女を信用するつもりもない。

彼女はうまくやっている。装うのがうまい。人をだますこともうまいのではないか？

アレックスは見物人のほうへ目を向けた。彼らの中には僕の不幸を願う者もいる。この新生公国が倒れることを望み、残った財産をかき集めようとねらう者もいる。

やはり、僕がやるしかないのだ。

花嫁が隣で手を振っている。僕は見るからにロイヤルファミリーの一員だ。たとえ、そのファミリーがかつての僕の家族のようにばらばらだとしても。

アレックスは手を振った。

「笑顔でいるのがつらいわ」

「僕も顔が痛いよ」

「本当に？」リリーがアレックスに向き直った。「あなたはこういうことに慣れているでしょう？」

「僕は造園家だ。王子様じゃない」アレックスは首を振った。「いや。これは僕が望んだことだ。ただ、言葉にならないくらいばかばかしくて」

「にっこり笑って手を振りましょう。頭の中で庭園の構想を練ればいいのよ」リリーはさらに手を振り、ほほえんだ。「私を見て。うまくなってきたわ」

「つまり、君は……」

「船造りのことを考えているの」

馬車は宮殿の敷地を出ていた。通過する二人を見に、人々が家から出てきている。

リリーは自宅の庭に立つ老夫婦に手を振った。老人は手を振り返さなかったが、老女は手を振ろうとした。彼女は手を上げて――そこで考え直した。

「私はまだミアのように思われているのね。私個人へのあてつけに感じないだけ、ラッキーだわ」

「そうだな」アレックスが手を振ると、老夫婦はすぐに手を振り返した。

「あなたには男性的な魅力かなにかがあるんだわ」

「彼らは僕を知っているからね」

「彼らが私を知ることはないわ」そのほうがかえっていいと言わんばかりの口ぶりだ。

アレックスはそれで安心するべきだった。しかし、うらやましさがこみあげてきた。そして、もっと別の感情もこみあげてくる……。

リリーがサフェイロスで見た場所といえば、宮殿とその敷地内に建つ礼拝堂兼大聖堂くらいだが、それだけでも息をのむにはじゅうぶんだった。先のとがった飾りつきの屋根や小さな塔、おとぎばなしに出てくるような贅沢《ぜいたく》さ、山々を背にしたサフェイロスの海岸線。宮殿と大聖堂の豪華絢爛《けんらん》さは、小さな国としては一線を画していた。しかし、そうはいっても王室は王室だ。きっと島の人々も、少しくらいの華やかさには賛成しているに違いない。

ところが今になって、リリーは確信がもてなくなった。海岸道路沿いに並ぶ家々は粗末で、廃屋同然のようなものもある。彼女はこの二週間で、王の贅沢三昧《ざんまい》の支出のために、島民が高額な税金を課せられていることを知った。

アレックスはリリーを自宅へ連れていくと言った。

彼は王の甥《おい》として育てられた。人生の大部分を第一王位継承者として過ごしてきたのだから、彼の家もきっと贅沢なものだろう。

カーブに近づくと、一行は速度を落とした。街から遠ざかるにつれて、道が悪くなってきた。舗装されたはずの道は、今ではアスファルトがひび割れ、崩れている。崖《がけ》の途中まで伸びる、海を見おろす眺めのいいその海岸道路は岬を一周しているが、馬車は人目につかないように〝隠れ家〟と書かれた立て札のところで速度を落とした。

馬車がとまり、近衛騎兵たちもとまった。

アレックスが降りて、リリーに手を差し出した。

「あの……ここはどこ？」リリーは驚いてあたりを見まわした。美しい場所だが、どこだかわからない。

「この先は歩きだ」アレックスが言った。「しゃくなげの枝が低く茂っていて、馬が通れない。門から先はプライベートな場所だから、王室の車が通れないようにわざとこうしてあるんだ」

徒歩ですって？　私は十センチのハイヒールをはいて、六メートルの裳裾を引きずっているのよ。

「距離は三百メートルほどだが、無理ならジープで迎えに来る。こんなことになって申し訳ないが、ハネムーンに近衛騎兵を連れていきたくないからね」

「そうね」

ハネムーン。

そうだったわ。

不安になってきた。

実用的なことを考えよう。私は花嫁姿で立ち往生しているうえに、赤ちゃんもいる。そういえば、おむつバッグはどうなっているのかしら。

「私の服やミカレスのおむつがないと困るわ」

「荷物は運び込んである」

リリーははっと息をのみ、合点がいったというようにうなずいた。「前々からここへ来るつもりだったということ?」

「君は宮殿にいたかったのか?」

「まだなんとも言えないわ」リリーはドレスの裾をつまみあげた。「このしゃくなげの道の終わりになにがあるかで決めるわ。皆さん、ご苦労さま」彼女は近衛騎兵たちに声をかけて手を振ったが、彼らは眉一つ動かさなかった。

私はこのプリンセスごっこには向いていないみたい。

一時的なものでよかったわ。

リリーは自分の一時的な夫を横目で見た。

「さてと、急がなくちゃ」リリーは行く手をまっすぐに見て、深呼吸してから歩きはじめた。

アレックスはしばらく動かずに彼女を見守っていたが、とうとうミカレスを抱いて、あとを追った。

リリーは振り返ったが、すぐにまた前を向いた。

息子を抱くアレックスの姿に胸が……せつなくなる。

私はなにかを望んでいる? 自分でもわからない。

「なかなかやるな」アレックスが追いついた。

「ハイキングのこと? あなたがこのくらい踵《かかと》の高い靴をはくのを見てみたいわ」

「僕には無理だ。でも、僕が言ったのは今日のことだ。上出来だった」

「するべきことをしたまでよ。島民には嫌われているけれど、べつにいいの。長居はしないわ」

「一年だけか」

「そういう契約よ」

「僕たちがもっと続けたいと思わなければね」

リリーは立ちどまった。まずいわ。先に進む前に、はっきりさせるべきことがある。

「アレックス、はっきり言っておくわ。私が人生に欲しいものはたった二つ。息子と船よ。もっとも大切なその二つが取りあげられるようなことがあれば、私は出ていくわ」

本当はアレックスも大切だけれど、彼には絶対に言えない。自分にそれを認めることすらこわいのだ。

「妥協できることもあるんじゃないかな」

「そうは思わないわ。言ったはずよ……」

「息子と船だろう。聞いたよ。はっきりと。しかし、僕たちには統治すべき国がある」

「あなたには、でしょう」

「手伝ってほしい」

「なにを？　結婚式ごっこは終わったわ。この裳裾がすごく重いの……」

「国を安定させるのを手伝ってほしい」アレックスはリリーの手から裳裾をとり、息子と一緒に抱えた。

彼女は彼にじっと見つめられて、一瞬目がくらみ、言葉を失った。彼は男性的な魅力の塊で、私はそんな人と結婚したのだ。そう考えて妥協しそうになる自分に打ち勝って、分別ある答えを口にした。

「島民に嫌われているのに、どうして手伝えるというの？」

「嫌っているわけじゃない。君をよく知らないんだ」

「そのままでいいじゃないの」

「僕が君を誘惑したのでなければ、それでよかったんだが……」

リリーははっと息をのんだ。「どういうこと？」

ちょっと待って。彼はこの話をどこへ持っていくつもり？　彼がそんなふうに思い込んでいるとしたら、私はどこへ向かうかもわからない話を続けるわけにはいかない。「誘惑したのは私じゃなかった？」

アレックスは少し驚いた顔をした。「思い出せない」

「あなたは前にもそう言ったわね。そのうち、酔っていたとか言うのよ」

「僕は酔っていなかった。あの夜の記憶はある」

「私もよ。最高の夜だったわ。でも、私は王子様まかせの哀れな眠れる森の美女を演じたわけではない。私はあらゆる意味において、あなたと対等よ。私たちは一夜をともにした。そして愚かだった。だから、忘れましょう」リリーは裳裾をつかみとると、くるりと背を向けた。二、三歩歩いて、ののしりの言葉を口にし、靴を脱いで早足で歩きだした。

アレックスは引きとめなかった。裳裾を持って歩く彼女が、自由を手にしているように見えた。またうらやましさがこみあげる。しかし、別の感情もわいてきた。

頭上を薄暗くおおう枝の下を走っている僕の花嫁は、ミアとは似ても似つかない。これまで出会った女性たちとはまったく似ていない。

リリーはまだベールとティアラをつけている。まだ花嫁だ。僕がミカレスを抱いていなければ……。

リリーは腹を立て、困惑しながら、しゃくなげのトンネルを通り抜けた。

アレックスの家が見えると、その怒りも困惑も吹き飛んだ。すべてを忘れた。

まるで魔法の杖《つえ》が振られて、暗く恐ろしかった世界を夢の世界にしたかのようだった。豪華すぎる宮殿の現実感のなさとは異なる、純粋に楽しい夢の世界だ。

その家は断崖《だんがい》をくりぬいて建てられていた。白い漆喰《しっくい》塗りの三層構造で、各階を曲がりくねった階段がつなぐ。階段の折り返し部分の踊り場にはベンチとテーブルが置かれているので、ビーチに下りていく際に飲み物を持っていけば、そこで腰を下ろして一服しながら景色を楽しむことができそうだ。

いたるところに花が咲き乱れ、岩肌は色であふれていた。ブーゲンビリアの赤、ピンク、バーガンディ。鳥が種を落としたのか、デイジーも咲いている。藤《ふじ》のねじれた太い蔓《つる》が這《は》い、節やこぶのできた枝から淡い青色の大きな花の房が下がっている。

一見シンプルな石造りの建物は、風雨にさらされて美しい色みになり、断崖に同化して見えた。一つ一つの窓から小さなバルコニーが張り出し、ビーチまで下りる複雑な階段へとつながっている。

そして、家の下にはサファイア色に澄んだ美しい海が広がっていた。小さな入江があり、砂浜には木製の小さなボートが引きあげられていた。

湾内には、いるかが泳いでいる。

リリーは足をとめて見つめた。彼女にできるのは、歓喜の叫び声をあげないでいることだけだった。

「僕たちの家へようこそ」アレックスが背後から近づいた。ほほえんでいる。

「ここは……私の家じゃないわ」

「僕と結婚したんだから、ある意味では君の家だ」

「婚前合意書には、私が半分もらえると書いてある？」とめるまもなく言葉が口をついて出た。これは現実、おとぎばなしではないのだと確信したくて、景色から目をそらさずにいた。ここでは夜の十二時が不気味に迫ってくることはない。おとぎばなしのように、ねずみやかぼちゃに戻ってしまうことも。

このビーチでミカレスと遊べる。結婚している一年間をここで過ごせれば、仕事と育児の両立に悩まなくていい。これで不安が消えた。

ここにいれば、私は自由でいられる。

目に涙があふれた。リリーはそれが悔しくてごしごしと目をぬぐったが、涙はとまらなかった。

アレックスが隣に来て、無言でハンカチを渡した。

リリーはそれを受け取り、反抗的に鼻をかんだ。

「どうしたんだ？」アレックスがまだほほえんでいるので、リリーは彼が涙の理由を知っているのではないかと勘ぐらずにはいられなかった。

「女をくどくには最高の環境ね」

「ここへ連れてきた女性は君が初めてだ」

リリーは鼻をふんと鳴らし、ハンカチごしに疑いのまなざしを向けた。「最高のくどき文句だわ」皮肉をこめたつもりだったが、うまくいかなかった。

「僕を信用しないのか？」

「あなたは自信があるんでしょうね」リリーは目の前の景色に向かってハンカチを振った。

「すばらしいだろう？」

「あなたがこの庭を設計したの？」リリーはためらった。「当然よね、造園家だもの。なにかで読んだわ。賞をとったことがあるのよね。今もまだマンハッタンで仕事をしているの？」

「島を離れられるときにはなるべくそうしている」

「じゃあ、またマンハッタンに戻るつもりなの？」

「君は僕にここにいてほしくないんだろう？」アレックスは肩をすくめた。「君は宮殿でスピロスや君の船や息子と戯れていたいだろうし。僕は経済の再建に取り組まなければならないが、それにめどがついたら、僕が好きなことをするのは自由だ」

それでなにか問題があるかしら？　リリーは考えながら入江を見おろした。

ここなら、思いのほか気晴らしができそうだ。まるでシャボン玉で浮いているような、ふわふわした気分だ。その中にいれば不安定だが安全だ。しかし、シャボン玉はいつはじけてもおかしくない。

「君は泳げるのか？」

「もちろんよ」

「むしょうに泳ぎたくなってきた」アレックスが言った。彼が話題を変えようとしているような気がするのはなぜかしら？　「日没まで一時間ほどある。ウエディングドレスを脱ぎたくないか？」

「脱ぎたくてしかたがないわ」そこでリリーは口をつぐんだ。顔が赤くなるのがわかる。「私が言いたいのは……」

「言いたいことはわかる。君には僕とは別の部屋も用意してある」

　よかった。願ってもないことだわ。そうよね？

「でも、ミカレスがいるし……」

「もう生後六カ月だ。そろそろサーフィンをしてもいいころじゃないか？」

「いつまでここに滞在するの？」リリーはうっとりと入江を見おろしながら尋ねた。先ほどのいるかたちに仲間が合流した。波をとらえながら、驚くほど息の合った動きで泳いでいき、宙返りをして向きを変え、さらに波をとらえようと泳ぎだす。

　絶景だわ。目の前の景色のことしか考えられない。

「君は二週間くらいだ。僕はそれより早く出なければならない」

　突然、リリーは知りたくなくなった。今この瞬間より先のことは知りたくない。

「じゃあ、私たちは時間を無駄にしているわ。あのいるかたちがいるのは私の海よ。泳ぎましょう」

8

　一時間半後、三人は海の中にいた。リリーは浅瀬に座り、ミカレスに水遊びをさせている。

　アレックスは背泳ぎで入江を往復しながら、リリーのじゃまをしないように、楽しげな母と息子を見守った。

　アレックスはリリーの扱い方がわからなかった。彼女には一目惚《ぼ》れだった。彼女が誘惑したというのもあながち嘘《うそ》ではない。笑い声と愛らしさ、快活さに誘惑されたのだ。今日、しゃくなげの道を花嫁姿で歩いていく彼女を見て、また心惹《ひ》かれた。本来のリリーが見えた気がしたのだ。

　それにしても、一度の電話で断念し、僕に妊娠を告げずに、実の子を――僕の子を――姉に引き渡したというのはリリーらしくない。彼女なら、ものすごい剣幕で僕の家に押しかけてきそうなものなのに。

リリーが二人いる。一人は僕が知っているリリー。もう一人は悪巧みに長《た》けた別人のリリー。

どちらが本当の彼女にせよ、二人で世界に立ち向かわなければならない。しかし、まずは……これからの数日間をどうやって乗り切るかだ。

避けて通るか？　二人は着替えを別々の部屋ですませ、ビーチへ下りる階段の途中で落ち合った。

リリーは平凡な黒い水着に、頭にはまた別の美しいスカーフを巻いていた。

彼女のおかげで僕は……頭の中が混乱している。ああ、女に頭の中をかきまわされている場合ではない。僕は全エネルギーをこの島の自立に注がなければならない。表看板さえいればいいという状態まで回復させなければならない。

リリーはその表看板になれるだろうか？

彼女は不安そうだった。なにがどうなっているのだろう。彼女のことが理解できない。

アレックスは泳ぎつづけた。体を疲れさせれば、彼女のことを忘れることができる。

ここはすばらしいところだわ。リリーは浅瀬に息子と座っていると、初めて到着したときの身震いするほどの興奮がよみがえってきた。

自由にはさまざまな形がある。ここにミカレスと滞在することも、自由の一つの形かもしれない。ただし、ここにいられるのは二週間ほど。そのあとは宮殿に戻らなければならない。

予想外の問題もあった。たとえばアレックスの仕事だ。私を宮殿に残して、好き勝手にマンハッタンへ戻るつもりだとしたら……。

とんでもないわ。

ミカレスと私に王室をまかせて、逃げ出すつもりかしら？　私は島民に嫌われているのに？　ありえない。

でも、アレックスならやりかねないわ。

リリーは目を閉じた。信頼できる人が欲しい。

私が生まれたとき、父は六十代だった。父の面倒を見るのは私の役目で、父も頼りにしてくれた。しかし、父が娘に見ていたのは、彼を見捨てた魅力的な若い妻の面影だった。父はいつもつらそうだった。私は母とミアに見捨てられた。ミアは最悪なやり方で私を裏切った。

信用してはいけない。絶対に。

しかし、アレックスに目を向けたとたんに、言葉にならないほどの苦しみが襲ってきた。彼は夫だけれど、私は一人ぼっちだ。

一人ではないわ。ミカレスは私が頼りだ。

現実的になって、しっかりしなければ。ミカレスのために。

私は母親だ。

愛人ではない。妻でもない。

そして、船大工だ。

リリーはアレックスから砂浜に目を移した。

リリーは浜に引きあげられている古い小型ヨットに注意を向けた。立ちあがり、ミカレスを抱いて、そのヨットを見に行った。

ミカレスがいるかが泳ぐ海に向かって小さな両手をばたつかせた。遠くにいるアレックスからでも、リリーがほほえんでいることは察しがついた。彼女は浅瀬に戻り、ふたたび遊びはじめた。

リリーがあのヨットを見たがっているなら、その時間を持たせてやるべきだ。

リリーにもミカレスにも近づきたくないが、二人は僕の家族だ。

いや、家族ごっこはまっぴらだ。

僕は宮殿に帰ってもいい。いろいろとするべきこともある。それに、僕がいなくなれば、リリーはもっと気楽に、息子と太陽の下でのんびりできるのかもしれない。

その間に僕は頭の中を整理できる。この荒廃した島を立て直すことができる。

リリーたちを残していくのか？

そうだとも、そのほうが気が楽だ。いや、だめだ。二人は僕の家族だぞ。

僕は家族ごっこはしない。

愛すれば、悲しみや喪失感や苦悩を味わうことになる。

でも、リリーはヨットを見たがっている。よし、僕が少しの間ミカレスを預かってやろう。

アレックスはゆっくりと岸へ向かって泳ぎ、最後は波の勢いで彼女の隣に流れついた。

「すまない」アレックスは目に入った海水をぬぐい、浅瀬に膝をついた。「ミカレスを交代で見るべきだった」

「じゃあ、お願い」リリーはいきなりアレックスの腕に赤ん坊を押しつけた。そして驚いたことに、怒って言った。「向こうに貴重な小型のヨットがあるのを知っていた？ あれは豪華な鎧《よろい》張りの年代物よ。外板がキングビリーパインとヒュオンパインで、船尾梁《りよう》はカウリ松なの。あれを腐らせるなんて、なにをしているの？」

「あれは……古いから」アレックスはリリーの突然の激昂《げつこう》に驚いた。「僕が生まれる前に父が持ってきたんだ。何年か前に海に出たんだが、岩場にぶつけて穴をあけてしまった」

「それ以来、浜に放置されてきたわけね」

「穴があいているんだよ」

「岩にぶつかれば、あなただって怪我《けが》をするでしょう。そんな理由で放置したの？」リリーは壊れたヨットのほうへ歩きだした。

アレックスはミカレスを抱いてあとを追った。彼女のヒップは本当にすてきだ。

おっと……ほかのことを考えろ。僕はヨットに穴をあけた。僕は悪者か？

ミカレスが叫び声をあげて、海のほうへ小さな体を傾けた。さらに叫ぶ。

「もっと泳ぎたいんですって」リリーは振り返らずに言った。

泳ぎたいか……。

たしかにミカレスは波に夢中になっている。

アレックスは父親に泳ぎを教わった。おぼろげではあるが、それが唯一の父との思い出だった。父の大きな手でおなかを支えられて水に浮き、押し出してもらって、手を離しても浮いていられるか確かめるのだ。

そして、うまく浮くと……父は僕を持ちあげて、大喜びしてぐるぐる振りまわし、母に呼びかけた。

〝やったぞ。僕たちの息子は泳げるんだ〟

今度は……僕が教える番か？

アレックスは海へ戻り、波打ち際から少し入ったところで、息子のおなかを支えて水につけた。

父がしてくれたように押し出すには、ミカレスは幼すぎた。しかし、まるで泳ぐために生まれてきたかのように、父親の手の上でバランスをとり、手足を小さな風車のように動かした。大きな水しぶきをあげながら、うれしそうに笑った。こわがっていない。父親の手が守ってくれることを知っているのだ。

僕の息子だ。

リリーは砂浜をのぼり、古いヨットを調べている。

僕の妻だ。

感動で押しつぶされそうだ。

ところがそのとき、アレックスの思考は中断された。一艘《そう》の船が岬をまわってきたのだ。クルーザーだ。船体の長さは九メートル以上ある。新しい。船首には男が二人いて、双眼鏡を手にしている。カメラかもしれない。

くそっ、干渉されたくなかったのに。

アレックスはミカレスを抱きあげた。やっと満足したのだろう、ミカレスは父親の裸の胸に体をすり寄せた。すると、どうすればいいかわからないほど、アレックスは感動した。

アレックスは妻のもとへ行った。彼女はまだヨットに見入っている。

「リリー、行こう」アレックスはせかした。

「なぜ?」

「あいつらは……」アレックスが背後のクルーザーを指さすと、リリーは興味なさそうに目を向けた。

「記者じゃないかと思う」

「だから?」いらだたしいことに、リリーはヨットにしか関心がなく、よく見ようと、かがみ込んでいる。「二年間も放置されていたわりには、いい状態だわ。この細工を見て。マストの骨組みを何本か新しくして、樹脂ですき間をふさぐだけでよさそうよ」船体の一端が砂にうまりかけていたので、彼女は砂を掘りはじめた。

「リリー……」

「壊れていないか確認したいの。きっと大丈夫。砂が保護していたのかしら。砂にうもれていた船は、半世紀くらいたたないと、腐りはじめないことがあるの。砂が乾いたままなら、とくにそうよ」

「あいつらに君の写真を撮らせたくないんだ」

「なぜ?」

いい質問だ。彼女がグラマーじゃないからか? 撮影用に身なりを整えていないからか?

水着は安物で体に合っておらず、彼女は化粧をしていない。湿ったスカーフから濡《ぬ》れた短い巻き毛がはみ出している。彼女は気にしないのだろうか？

「船尾の横木を見て。豪華だわ。ヒュオンパインよ。タスマニアにしか育たない木なの。私の夢はこの木で船を造ることよ。でも、伐採されすぎて、ほとんど残っていないけど。材料が手に入れば……」

リリーは夢中だった。ヨットしか見ていない。

クルーザーが浅瀬に来て、二人の男が海に飛びおりた。カメラを持っている。

彼らは写真を撮りながら近づいてきた。いつ獲物が逃げ出してもおかしくないとわかっているようだ。

「リリー……」

彼女は顔を上げなかった。アレックスは心の中でののしりの声をあげながらも、あきらめた。彼女がこの調子では守りようがない。

彼女は守ってもらいたいのだろうか？

リリーは記者がいることを知っても、集中力を失わなかった。船体の横を掘りおえて、木材を指で撫《な》でまわし、古いヨットのようすを隅なく調べている。

「直してあげましょうか？」

「おんぼろだぞ」

「そんなことないわ。防水はほとんど建造当時のままだわ。たっぷり愛情をかけてあげればいいだけよ」

リリーの表情を見ていると、僕は……。

嫉妬《しっと》を感じる？

おいおい、どうかしてるぞ。

ミカレスもアレックスの腕の中で母親をじっと見おろしていた。

「ママを横取りされちゃったな」アレックスは悲しげに赤ん坊に話しかけた。「ママはヨットに恋をしてる」

記者たちが写真を撮りながら近づいてきた。アレックスはとっさにリリーと男たちの間に割り込んだが、リリーは無関心にちらりと一瞥《いちべつ》したあとは、ヨットにしか興味を示さなかった。

「妃殿下」若いほうの記者が呼びかけると、リリーがふたたび顔を上げた。

「リリーと呼んで。妃殿下なんて柄じゃないわ」リリーはほとんど無意識にギリシア語で話した。今はもうヨットの観察に戻っている。

男たちは不意を突かれた。彼らがリリーになにを期待していたにしても、このような対応ではなかったのだろう。

アレックスは結婚式前に記者会見を開かなかった。リリーはよく思われていないので、さげすまれてつらい思いをするのではないかと心配したからだ。でも、制限つきの会見を開いたほうがよかったのかもしれない。質問を事前に認められたものだけにして。

記者の最初の質問はあたりさわりのないものだった。「あなたはギリシア語を話せるんですか？」

「ええ」

「クイーン・ミアは話せませんでしたね」

リリーはいらついたようすでため息をついた。

「ミアと私は別々の親に育てられたので。私は父からギリシア語を教わったの。母方の親戚《しんせき》はギリシア人で、彼らが船の造り方を教えてくれたわ。私の雇主はギリシア人よ。それに私は学ぶことが好きなの」

「あなたは本当にミアの妹なんですか？」

リリーはすぐには質問に答えなかった。その代わりに腰をかがめて、船体の反対側にまわり込んだ。そこは穴があいて木材が朽ちている。リリーは折れた腕に触る医師のように、細心の注意を払いながら木材のかけらに触れた。

「もちろんよ」やっとリリーは答えたが、顔は上げなかった。

「それと、赤ちゃんですが……本当にあなたのお子さんなんですか？」

「ミカレスは私の子よ」

「では、王妃があなたのお子さんを奪ったと知ったときは、どんなお気持ちでしたか？」

「メロドラマじゃあるまいし」リリーは両手を使って穴の大きさをはかった。「ミアは奪ったのではなく、私が病気だったので預かってくれたの。私は元気になったから息子を迎えに来たのよ。アレックスはよくしてくれるわ。ほかに知りたいことは？」

　リリーはまるで日常の出来事のように、その話をした。議論することなどまったくないかのように。

「プリンス・アレックスはあなたのお子さんの父親であることを知らなかったそうですが」若い記者はすでにカメラを下ろし、今はレコーダーを差し出していた。アレックスは反論しようと思ったが、すぐに〝なぜ？〟と考えた。おそらくこの場にふさわしいのは、リリーの冷静な実用主義かもしれない。

　この国に必要なものはなんだろう？それは僕にも必要なものだ。

「ええ、黙っていたわ」

「なぜですか？」

「私にもいろいろ事情があったので」

　リリーの口調は少しいらいらしていた。しかし、気を取り直して、アレックスを値踏みするかのように、もう一度答えを考え直すかのように、彼を見あげた。

「プリンス・アレックスに初めて出会ったときに、すばらしい人だと思ったわ。でも、私は病気の治療中で、自分を見失っていた。アレックスは私が病気だとは知らなかったのよ。妊娠したことも。スパイでもなければ、私が言うより先に知ることはなかったでしょうし、もうおわかりのとおり、プリンスは立派な方よ。真実を知って私と結婚したわ。私は船を造りながら、息子と夫とともにいつまでも幸せに暮らすつもりよ。まずはこのヨットの修理から始めるわ。お話はこれくらいでいいかしら?」

記者たちはなんと答えるだろう? 彼らはリリーを見つめて、ぽかんと口を開けている。息をのませるほどのスピーチが、練習されたものでないことは明らかだった。

アレックスも思わず息をのんだ。

彼女は病気だった。

どれくらい悪かったのだろう? 手術をしたと言っていた。きっとつわりもあっただろう。

それにしても……妊娠中から病気だったのか?

「ほかにご質問は?」リリーが立ちあがり、水着のわき腹で両手の砂を払った。「ミカレスはたっぷり日光浴をしたわ。家に連れていかなければ」彼女はアレックスからミカレスを受け取り、記者が立ち去るのを礼儀正しく待った。

「あなたはプリンス・アレックスに恋をしていますか?」年上のほうの記者の質問に、アレックスは息をのんだ。なんと無礼な……。

しかし、リリーは動じなかった。

「西欧諸国の情熱的な女性の半数は殿下に恋をしていると思うわ」リリーはにっこりした。「読者にきいてごらんなさい」

「しかし、あなたたちの結婚は……」

「プリンスは立派な方よ」リリーはもう一度きっぱりと言った。「彼は私の夫となり、私と息子をふさわしく扱ってくれています。すばらしい人だわ。皆さんは彼を誇りに思うべきよ。さあ、よろしければ、私は本当にこれで失礼します。プリンス・アレクサンドロスがもう少し質問にお答えしますわ。ではごきげんよう」

「三人の写真を撮らせていただけますか?」

「いいわよ」

アレックスは困惑のあまり、抗議できなかった。

ミアはこのような撮影には絶対に同意しなかった。しかし、リリーはうろたえてもいない。今日、彼女は写真を何枚撮られただろう？　あと一枚撮られたところで、困りはしない。

　リリーは息子を抱いてアレックスの隣に立ち、ほほえんだ。

「プリンス・ミカレスをもう少し高く持ちあげていただけますか？」

　アレックスは自分も写ることになるのかとうんざりしながらも、リリーからミカレスを受け取って抱きあげた。

　すると、ミカレスが不機嫌に金切り声をあげて、体をよじり、母親のほうへ手を伸ばしてスカーフをつかんで引っ張った。その拍子に、髪も一緒に持ちあがった。

　一瞬、傷跡が見えた。

　耳のうしろから頭頂部まである大きな傷跡だ。

　カメラマンには見えなかった。しかし、リリーはアレックスに見られたのだとわかり、顔をこわばらせた。

　お願い、なにも言わないでと彼女は目顔で訴えた。

　アレックスはなにも言わなかった。

　すぐにリリーに体をぴたりと寄せて、記者の視界をさえぎり、彼女の体をカメラに対してななめ向きにさせた。これで傷跡は見えない。

　アレックスは気づかうように彼女を抱き寄せた。

　気づかって当然だ。僕はなぜ尋ねなかったんだ？

　アレックスが笑顔をこしらえた。写真は撮られた。

　なるべく体を寄せたまま、ミカレスをリリーに返し、ぽっちゃりした指からスカーフをとってリリーの頭に巻きつけた。

「君は家に戻る時間だ、リリー」アレックスはそっと彼女を押した。

　リリーはその意味を理解した。記者にちょっとほほえんでから、砂浜をとぼとぼと歩いていった。残された三人は彼女を目で追った。スクープをものにしたと考える二人の記者。

そして違和感を覚えた一人のプリンス。

リリーは、立派ですばらしい人だと言ってくれたが……。

自分ではそうは思えない。

「複雑な表情をされていますね」一人の記者が言った。アレックスは表情を取り繕おうとした。「もう一度彼女とベッドをともにしたそうに見えますよ」

もうたくさんだ。我慢にも限界がある。

「失礼」アレックスは冷たく言った。「ここはプライベートビーチだ。君たちには上陸する権利がない。取材にはじゅうぶん応じた。帰ってくれないか？」

「そうしましょう」記者はそう言ったが、立ち去るのをためらった。「ところで、彼女はお姉様とはちょっと違いますよね？」

アレックスは記者たちに不快感を示すべきだった。王族らしく尊大にふるまうべきだった。

しかし、それができなかった。記者の言うことはもっともだったからだ。

「彼女がミアのような人だったら、僕が結婚すると思うか？」

記者は躊躇《ちゅうちょ》した。なにかを言いたそうなそぶりを見せ、やっと言ったほうがいいと決心した。

「私たちはとっさの思いつきでここへ来ました。こんなにおそばへ寄れるとは夢にも思いませんでした。前王と王妃は私たちを絶対に寄せつけませんでしたから」

そうするべきだったとアレックスは後悔した。リリーを守らなければならないのに、砂浜に突っ立って、彼女を眺めているとは。かたやズボンを濡らした裸足《はだし》の記者たち、かたや水着姿で、胸をさらけだしている僕……。これでは敵対するどころか、三人ですてきな女性に見とれているみたいだ。

「明日の見出しがどうなるかわかりますか？」立ち去るリリーから目をそらさずに、記者が尋ねた。

「〝妃殿下と呼ばないで。リリーと呼んで〟です。記事は国民のプリンセスという方向性で、問題提起をします。たとえば、私たちは決めつける前に、彼女について知る必要がある、とね。なにか付け加えたいことはありますか？」

「ない」アレックスは、そもそもそこが間違っていたのだと考えた。〝決めつける前に、彼女について知る必要がある……〟

「私たちをビーチから追い出すために、あなたが脅したとでも言ってほしいとか？」

「僕は自分のものを守るためなら、なんでもする。そう書いてくれ」

「いいですね」記者はにやりとして、メモをとった。

「では、彼女に一目惚れしたということで……」

「女性読者はラブストーリーを読みたがりますからね」若い記者が申し訳なさそうに言った。

「それはだめだ」アレックスはぴしゃりと言った。

「殿下は彼女から目が離せないじゃありませんか」年上の記者が言った。

「君たちもそうだろう」

「まあ、そうですが……」最後の角を曲がって、リリーの姿は見えなくなった。記者は残念そうにため息をついた。「読者には総合的に判断を……」

「そうだといいがね」

「きっとそうしてくれるでしょう」記者は明るく言った。「すばらしい写真が撮れました。もしも私があなたなら、彼女を自慢しますよ。島民にはぜひとも彼女を温かく迎えてもらいたいですね」

「あなたがそうしたように」若い記者がほほえんだ。

「それを殿下の言葉として載せてもよろしいでしょうか？」

9

アレックスに傷跡を見られた。

どうってことないわ。病気のことを彼に意識的に隠したことはなかった。彼が尋ねていれば、私は話しただろう。

でも……。でも、知られるのがいやだから、わざと控えめに話して質問させなかったのだ。嘘《うそ》はつかなかったけれど、本当のことも話さなかった。病気だったころのことを思い出すと、まだこわい。自分の無力さを考えると、たまらなく心細くなる。

この家のことを考えよう。実用的なことを考えるのよ。アレックス以外のことを考えなさい。

この家はすてきだわ。

客間とおぼしき彼女の部屋はすてきだった。長方形の広い部屋には海に面して窓が三つあり、バルコニーがついている。その窓は開いており、やわらかいカーテンがそよ風でゆらゆらゆれている。いたるところに花があり、建物と庭の境がわからないほどだった。

すてきだわ。

そうやって、すてきなことを考えなさい。

アレックスのことを考えてはいけない。

彼はまだビーチにいるのかしら？

きっと傷跡はちらりとしか見られていないわ。彼はきっと尋ねないだろう。

リリーはミカレスを抱いてシャワーを浴びた。体にふわふわの大きなタオルを巻き、息子を別のタオルでくるんでバスルームから出たとき、バルコニーに這《は》う蔓《つる》の間で、小鳥たちが曲芸のような動きをしていた。フィンチかしら？　小さくてカラフルで、おとぎばなしの世界に迷い込んだ気分になる。

「でも、これは現実よ」リリーは少し息を弾ませてミカレスに話しかけた。「楽園みたいね」

アレックスがいる楽園？

リリーは傷跡を見つけたときの彼の顔を思い出した。彼は……呆然《ぼうぜん》としていた。

ミカレスがぐずりはじめたので、リリーはアレックスの反応よりも我が子に注意を向けた。

ミルクを飲ませて、ベッドに寝かしつけなければ。

キッチンはどこかしら。泳ぎに行く前に、必要なものがあるかどうか確認しておくべきだったわ。早く服を着るべきだけど、今ミカレスを下ろしたら、大泣きするだろう。

ドアがノックされた。勢いよく開き、アレックスが現れた。すでにシャワーを浴び、服を着ている。格好よくてハンサムで、すべてを思いどおりにできるといった風情だ。

手には哺《ほ》乳《にゅう》瓶を持っている。中身も入っている。

必要なものがどうしてわかったのかしら？

「育児係がミルクを与えるところを見たことがあるんだ」尋ねもしないのに、アレックスが言った。

「僕たちは君がどの粉ミルクを使っているかも知っている」

「僕たち？」

「僕と百名ほどのスタッフだ」彼はにっこりした。

リリーはタオル一枚しか身につけていないことが急に気になりだした。

「僕がミルクをあげる間に服を着てきたら？」アレックスが両手を差し出して息子を受け取った。その姿を見て、リリーはどきりとした。

「ミルクは温めないといけないのよ」

「温めてある」

「百人以上いるスタッフにやってもらったの？」

「ここには僕しかいないよ」

「一人で住んでいるの？」

「そうだよ」アレックスはベッドに座り、ミカレスを膝にのせて哺乳瓶を差し出した。ミカレスは、まるで数日ぶりの食べ物だと言わんばかりに、哺乳瓶をくわえた。「食いしん坊だな」アレックスがくすくす笑い、リリーはまたどきりとした。

ずり落ちそうになるタオルを押さえながら、彼女は服をつかんでバスルームに入った。

しかし、ドアは少し開けておいた。ききたいことがいろいろあるからだ。こちらから質問をしていれば、傷跡のことをきかれずにすむかもしれない。

「この家はいつ建ったの？」

「父が母と結婚したときだ」

「庭造りもお父様が？」

「基本的なことは父と母がやった。父は僕が五歳のときに亡くなって、母は追い出された。母が戻ってきたときに、僕と二人で造り直したんだ」アレックスの声がやさしくなった。「母はガーデニングに夢中だった。ちょうど君が船に夢中なようにね」

せっかくアレックスの話になっていたのに。元の話に戻させるものですか。

「お母様が亡くなったとき、あなたは十七歳？」

「十七歳間近だった。母はもっと前から患っていたんだ」

「あなたは王宮の育児室で育てられたのよね？」

「そうだよ」アレックスの声が急に怒りをおびた。「伯父は僕の父が亡くなって母を追放したときも、後継者である僕にはとどまるよう命じたんだ」

「彼にはかわいがってもらえたの？」

「憎まれたよ。後継者なら、言うことを聞けとね」

「まあ、アレックス」

「つらかったな。伯父には法律が味方したし、母の嘆願は無視された。僕の嘆願も無視された」

「でも、あなたはお母様を取り戻したでしょう？」

「そう。ついにね。十五歳になるころには、伯父の知られたくない秘密を握っていた。僕がいると伯父は安心して暮らせなくなっていたから、僕を宮殿に置きたくなかったんだ。それでやっと母の帰国を許し、生活費を支給した。僕たちはこの家で暮らしたんだ。母が島を離れていた時間を取り戻すために」

彼はまだ話していないことがあるとリリーは思った。十五歳の少年が一国の王に立ち向かったのだから。でも、彼がそれ以上語ることはないだろう。

「お気の毒に」

「哀れむ必要はない」

ジーンズとTシャツを着たリリーは、そっとバスルームを出た。ミカレスはミルクを飲みおわっていた。眠たそうだが、物欲しげにアレックスを見ている。アレックスは物欲しげにリリーを見た。

二人はそっくりだ。リリーはどきりとした。

そしてほほえんだ。この二人にほほえみかけずにはいられない。

私の男たちだ。

そう考えると不思議な感じがする。

「病気のことを聞かせてくれ」アレックスはやさしく言った。リリーのほほえみが一瞬にして消えた。

「知る必要ないわ」

「必要はある」彼はリリーの目を見つめた。穏やかに。しっかりと。一歩も譲らないというように。

もうごまかせない。

しかたないわ。実のところ、私にはごまかす理由がない。思い出すと心細くなることを除けば。

「私は脳腫瘍《のうしゆよう》だったの」

「脳腫瘍……」

「良性の」リリーは同情されたくなかったが、好むと好まざるとにかかわらず、アレックスは目に同情の色を浮かべた。恐怖の色も浮かべている。

医師に診断を下されたとき、リリーはミアに相談するためにダイヤモンド諸島に向かった。なにかを期待していた。援助を？　愛情を？　やさしい言葉でもよかった。しかし、ミアは自分のことで手いっぱいだった。〝くだらない話はやめて〟リリーが話そうとすると、ミアは言った。〝ずっと頭痛持ちだったくせに。具合がいいあなたなんて、想像もつかないわ〟

　リリーは途方に暮れ、沈み込んでいた。母親に電話しても、出てもらえなかった。人生でそのときほど孤独を感じたことはなかった。

　そして、舞踏会の夜にアレックスに出会った。ほほえみかけられ、ダンスに誘われたとき、リリーはいつの間にか彼の腕に身を預けていた。一度だけミアのまねをしようと思った。今を大切にしようと。

　二日間楽しく過ごす間、アレックスは現実を忘れさせてくれた。彼にほほえみを向けられると、リリーは自分の世界のすべてが正常に戻ると信じられそうになる。恐怖を締め出して、彼の笑顔と笑い声とやさしさに我を忘れて夢中になった。

　彼の体にも。

　そして今、本当に心配そうなまなざしを向けられて、リリーは我を忘れそうになった。

　我を忘れている場合じゃないわ。自分の世界がすっかり元どおりになるまであと少しというときに。

「腫瘍はずっと以前からあったの」リリーは知らせるべきことを手っ取り早く話す方法をさがした。「いいわ。過去をかいつまんで話すわね。私の父はスコットランドの准男爵で、妻に先立たれ、子供もいなかった。母はギリシア王室の遠縁で、とんでもない野心家だった。父の財産と称号と結婚しようとしたのよ、父が四十歳も年上だったにもかかわらず。ミアと私は二年違いで生まれたの」

「そこまでは知っている。国からそう聞かされた」

「ミアの経歴としてね。これは私の経歴よ」

「そうか」アレックスはうとうとしているミカレスをゆらしながら、目をリリーから離さずに言った。

「六歳のときに頭痛が始まったの。腫瘍だった。良性だけど、手術はできなかった」リリーは肩をすくめた。「それで両親が離婚したんだと思うわ。母は病弱な私を嫌った。完璧《かんぺき》じゃない娘を恥じたんだわ。そのあと、父のお金が底をついた」

リリーはためらった。これはよけいな情報だった。アレックスの沈黙はこわかったが、話を続けなければならなかった。

「母はミアを連れて出ていった。その後父が亡くなり、私は母の伯父に引き取られた。彼はイングランド北部の船大工で、その影響で私は船が好きになったわ。伯父が亡くなったときに、彼の友人のスピロスに誘われてアメリカで働くことにしたの。やっかいな頭痛とは共存することを学んだわ。私はすごい船をいくつも造った。充実していたわ」

「君はミアの結婚式に来なかったね」

「招待されなかったのよ。両親の離婚以来、ほとんど会わなかったから。私は怒らなかったわ。本当よ。あなたはミアの付き添い人になりたい？」

リリーはほほえんでみせたが、ほほえみ返してはもらえなかった。アレックスのまなざしが心を読み取ろうとしているような気がした。心が裸にされるようでこわかった。

「その後、頭痛とめまいがどんどんひどくなって検査を受けたら、腫瘍が大きくなっていた。奇跡でも起こらない限り、余命は一年未満だと言われたわ」

アレックスはショックを受けて目を見開いた。

「リリー！」彼は片手を彼女のほうへ伸ばしたが、リリーは首を振り、うしろに下がった。

触れてはいけない。今はだめ。

「私は困り果てたわ。母には知らん顔をされ、スピロスには迷惑をかけたくなかった。でも、どうしても誰かに相談したくて、愚かにもミアを訪ねたら、ちょうど王の在位四十年の祝賀会が行われていた。そのときよ、あなたに出会ったのは」

リリーの話は、アレックスの世界を一変させるだけの威力があった。

二人が出会ったとき、周囲はきらびやかで、舞踏会は最高に盛りあがっていた。ギオルゴスは若い妻を見せびらかし、アレックスをあざけり、王座は継がせないと言っていた。

しかし、リリーはギオルゴスのコルセットがきしむ音を聞いて、唇を引きつらせた。アレックスは彼女とはユーモアのセンスが同じだと感じた。

それで興味を持ち、ダンスを申し込んだ。

リリーはシャンデリアを笑った。アレックスのタキシードを遠まわしにあざわらった。

リリーは心に吹くそよ風のようだった。

それから二人は二日間、笑い、語り合った。とても親しくなった。

あのとき、彼女がこれほどの危機におびやかされていたとは……。

「それで……」アレックスは声を絞り出した。

「それで、私はあなたとベッドをともにした」リリーは美しく、挑むように顎を上げた。「私、あの夜はどうかしていたのよ。とても楽しかった。現実感がなかったわ」

リリーは心底楽しそうにほほえんだ。アレックスはなぜ彼女を抱きたいと思ったかを思い出した。なぜ彼女は特別だと思ったのかを思い出した。

アレックスはほほえむ気分ではなかった。

「僕は君を妊娠させた」

リリーはうなずいた。「それがわかったときの私の気持ちは、あなたには想像できないわ。仕事ができず、お金もなくて、妊娠までして、頭痛はますます頻繁になる。そんな状況なのに、あなたに電話したあとも、中絶は考えられなかった。検査で男の子だとわかったときには、本当におなかの中にいるんだと実感したわ。産みたかった……どうしても」

絶望ばかりの記憶を振り払うかのように、リリーは頭を振った。

「それで、もう一度ミアに連絡したの。ちょうど子供のできないギオルゴスが極秘に養子を迎えようとしていたところで、それなら私の子にしようということになった。今ならミアたちの魂胆がわかるわ。でも、私は具合が悪かったから、魂胆に気づいたとしても、問いただすことはできなかったし、気にしなかったと思うわ。頭にあったのは、ミアが私の子に生きるチャンスをくれたということだけよ」

アレックスは答えなかった。その厚かましいたくらみには、いまだにあきれてものも言えない。ミアとギオルゴスは私利私欲のためにリリーの絶望を利用した。それを彼女が推測できるはずがなかった。

当然、リリーは申し出を受け入れた。それが子供にとっていちばんためになることだった。王室に入れば、少なくとも手厚く世話をしてもらえる。

アレックスはうとうとしているミカレスを見おろした。僕の息子。この子は生まれなかったかもしれない……。成人の両親から生まれた子供は、たいていの場合は愛の結晶だと思われるものだ……。

アレックスはリリーが妊娠して間もない時期にかけてきた電話と、自分の対応についてもう一度考え、申し訳ない気分になった。

沈黙が続いた。沈黙に次ぐ沈黙、さらなる沈黙。

リリーはいやがっている。アレックスにはそれがわかった。僕に話したくないどころか、誰にも知られたくないのだ……。話すことで彼女は心をさらけだし、おびえ、とても心細くなっている。

「でも、君は生き延びたんだろう？」

「そうよ。私が嘘をついていると思うの？」

「そうは言っていない」アレックスは首を振った。断固として。「リリー……」彼はもう一度手を伸ばしたが、彼女はさらにあとずさりした。まるで逃げ出す準備をするように、フレンチドアに背中を押しつけて立っている。

「最後まで話をさせて。ミアとギオルゴスは私をフランスの私立病院に入れて、入院費を支払ったわ。口の堅いことで有名な病院よ。病状が本格的に悪化したころになって、ミアが現れたわ。今から思えば、姉は妊娠して合併症に苦しんでいると国民に告げる計画だったのね。赤ちゃんが無事に生まれたら、実子として連れていくつもりだったのよ」

「でも、どうやって実子に？」

「知らないわ。私は昏睡《こんすい》状態になってミカレスを産んだ。姉は彼を連れて帰ったまま見舞いに来ることはなく、私は治療もされずに寝かされていた。心配した看護師が、職を失う危険を冒して、革新的な手術をする知り合いの外科医に連絡してくれたの。それで私は助かったのよ」

アレックスはなんと言えばいいかわからず、畏敬《いけい》の念をこめて、ただリリーを見つめた。

「嘘みたいでしょう？」リリーは茶化すように言った。「いまだに受け入れるのに苦労しているわ。でも、いいの。信じてほしいわけじゃない。私は船を造って、息子を育てたいだけ。生きていたいの」

どうしてそんな話を信じろというんだ？

しかしそのとき、アレックスはミアのことを考えた。彼女の結婚式には出席したので、ミアの母親のことも覚えていた。あの親子は同類だ。強欲で、社会的に上の地位をめざすタイプだ。ギリシア王室やイギリス上流階級とのつながりをひけらかしていた。

リリーとは大違いだ。

「君は自由にしてかまわない」アレックスがやさし

く言うと、リリーはうなずいた。

「よかった」

「それにしても、誰も見舞いに来なかったのか？知らせてくれれば、会いに行ったのに」

「あなたが？」

「本当だよ。亡くなっていてもおかしくなかった」

「死ぬと思ったわ。朦朧《もうろう》とする意識の中で、戻ることのない片道切符だと覚悟したの。我が子をミアにまかせて死ぬしかないと覚悟したの……」リリーは肩をすくめた。「とにかく、病気のことは話したから、これで始められるわね」

「始めるって、なにを？」

「私たちの恥ずべき結婚よ。しなければならないことをすれば、家に帰れるわ」

「家とはどこのことだ？」

「ミカレスのいるところよ。場所はどこでもいい。大切なのは私の赤ちゃんだけよ」

10

リリーは嘘《うそ》をついた。

〝大切なのは私の赤ちゃんだけよ〟口に出す前から嘘だとわかっていたのに、彼女はもう一人、大切な人を付けたさなかった。

それはアレックスだ。

病気の話を聞いて、彼は呆然《ぼうぜん》としている。リリーのことを思ってショックを受けたようすに、彼女は胸が熱くなった。リリーはベッドを見おろした。そこにはアレックスが座り、ミカレスを膝に抱いている。

私の男たち。

私の家族。

私にはずっと家族がいなかった。母は病気がちな娘には無関心だった。父は私が生まれたときには年老いていたので、私が面倒を見る立場だった。ミアは単純に妹の人生にかかわりたがらなかった。

でも、この人は私のことを思ってくれる。

いいえ……違う。恐ろしい話に愕然《がくぜん》としているだけだ。

だから、期待してはいけない。

ミカレスがぐずりはじめた。海水浴にシャワー、授乳のあとだから、眠ってもいいはずなのに。

リリーはミカレスを抱きあげて、肩にもたれさせて背中をさすった。

すると彼はみごとに大きなげっぷをした。アレックスは驚いて眉をつりあげた。「げっぷをするのが普通なのか？」

場をなごませるには最高だった。風船の空気が抜けるように室内の緊張感がなくなり、リリーはいつの間にかほほえんでいた。

「ため込んでいるより出したほうがいいって言わない？」リリーはミカレスをベビーベッドに寝かせた。赤ん坊にとってはとても忙しい一日だった。結婚式、披露宴、初めての水泳……。ミカレスは気持ちよさそうに横たわり、上掛けをかけるかかけないかのうちに、もう目を閉じていた。

リリーはじっと息子を見つめた。顔を上げたとき、アレックスが隣に立っていた。

ふたたび緊張が高まった。

「なに？」リリーは急に息苦しくなった。

「君はきれいだ」新発見をしたという口ぶりだ。

「そうでしょう。男性の気を引くためにおしゃれしているんだもの」ジーンズとTシャツで。普段着だ。

「リリー……」

「お世辞はやめて。好きじゃないわ」

「ほめられるのが好きじゃないのか？」

「姉はお世辞を喜ぶわ。あなたはミアがいいの？　それならベンとかいう男のうしろに並ばなくちゃ」

「君はミアとはぜんぜん違う」

「そのとおりよ。もういいかしら？　荷物をほどきたいの」リリーはそばをすり抜けようとしたが、アレックスが肩をつかんで引きとめた。

「リリー、始めからやり直さないか？」

「どういう意味かしら」

「時計の針を戻そう。そうすれば、僕たちの間には、よけいなお荷物はなくなる」

「そのお荷物とはミカレスのことよね」

「すごくにぎやかなお荷物だな」アレックスはベビーベッドの中を見つめてほほえんだ。「この子はお荷物ではないよ。ある意味、事態を複雑にしているけどね。それは君の病気も同じだ。あらゆることが複雑にしているんだ……君と僕の間を」

「私たちの間にはなにもない……」

「それは違う」アレックスはリリーの腕をつかんだ。素肌に直接触れた。彼の手は大きくて温かく、自信に満ちている。とたんにリリーは……ほっとした。

「アレックス、手を離して。こわいわ」それは本心ではないが、おじけづくのは当然だった。さっさと逃げるべきだ。でも、この身を捧《ささ》げることもできる。

　ふと浮かんだその考えに、リリーは押しつぶされそうになった。だから〝こわい〟という表現はぴったりだった。この身を捧げる……。

　結婚はしたけれど、彼に恋したり……思いを寄せたりだなんて……。

　それならすでにしてしまった。

　興奮が四方からどっと流れ込んできた。

　すると突然、脳腫瘍《のうしゆよう》に命をおびやかされていた恐ろしい数カ月間の感情がよみがえってきた。あのころ私は意識が遠のき、混乱し、当惑した。自分をどうすることもできないという感覚が恐ろしかった。

今アレックスを見つめていると、そんな感覚に陥る。まるで体が自分のものではないみたいだ。頭が自分のものではないみたいだ。

「リリー、どうしたんだ？」アレックスが心配そうに彼女を見ていた。気持ちが顔に出たに違いない。アレックスの手の握り方が変わった。かすかに違う。手をゆるめたというか……初めの感情的な握り方から励ますような握り方に変わった。「リリー、僕は君を傷つけたりしないよ」

「わかってるわ」しかし、今度はアレックスの目に同情が表れた。彼にはそんな目で見られたくない。

ミカレスを身ごもった夜は、自分の置かれた状況を忘れた夜でもあった。平凡でおびえたリリーから、誘惑的で自由奔放なリリーになっていた。

あれは想像上の出来事だった。

楽しかった。

あの楽しい記憶は今も残っていて、体の中に欲望のうずきをつのらせ、彼女を駆り立てた。またあんなふうになれるわよ。勇気を出せば……。

「アレックス、あなたは……この結婚を本物にしたいの？」リリーはささやいた。

「どういう意味だ？」

「私たちは……たがいを引き合う力に身をまかせるべきかという意味よ」

「そのとおりだ」アレックスは困惑気味だったが、目の表情は同情から笑いに変わった。私が望んだのはそれよ。違う？

違うわ。私は真剣に話し合いたい。

「笑わないでほしかったわ」リリーが言うと、アレックスは真剣な顔をした。

「笑ってないよ。僕たちが惹《ひ》かれ合っているかもしれないということなら、僕も同意見だ。それで？」

「つまりね」リリーは必死に勇気を奮い立たせた。しかし、ふと、自分は正しいと確信した。欲しいもののために闘えるのはミアだけではない。私はずっと自分の道は自分で決めてきた。今は人生を取り戻した。かわいい赤ちゃんがいて、目の前には最高に魅力的なプリンスがいる。しかもその人は私の夫だ。結婚の動機がどうであれ、結婚は結婚だ。

だから、もっと望んでも問題ないでしょう？

「結婚の誓いをしたとき、あなたは本気だった？」不安が頭をもたげないうちに早口で尋ねた。

「それは、命の続く限り貞節を守るという誓いのことか？」アレックスの目から笑いが消えた。

リリーはそこまで深刻に話すつもりはなかった。なんかだかこわい。「そこまで求めるつもりはないわ。命の続く限りだなんて……。この結婚は一年間だけだし。それに知り合ってからどれくらいかしら？」

「一年以上だ」

「でも、実際の時間は二日間と、そのあとに何日か顔を合わせただけよ。一生をのせる土台としては不十分だわ。でも、私が求めているのは……」リリーは口ごもり、必死に適切な言葉をさがし、勇気を出して言った。「初めのうちだけでいいの。私だけのあなたでいて」

「貞節を守れという意味か？」

リリーはうなずいた。

「アレックス、私は貞節を守ることを誓うわ」リリーは深呼吸した。「あなたもそうしてくれる？」

アレックスはためらわなかった。「誓うよ」

リリーは目を見開いた。あっさり約束を取りつけた。さて、これからどうすればいいのかわからない。

アレックスは彼女の沈黙が気になった。「僕を信じないのか？」

「それは……あなたはプリンスだし、誰でも求められるわ。あなたが望むとは思わなかったの……」

「一夫一婦主義を？」

「そう、それよ」リリーは言葉につまった。追いつめられた気分だ。「どういう風の吹きまわし？」

「うまくいくか確かめてもいいかなと思ってさ」アレックスの言い方がとてもやさしかったので、リリーは聞き違えたのかと思った。しかし、彼の目つきで、聞き違いではないとわかった。

うまくいくか確かめてもいい……。それは暗に、政略結婚以上のものを求めているということだ。

このまま進んではだめ。心の準備ができていない。私は自由でいたい。アレックスはすばらしい人だけれど、王室というプライバシーが守られない環境に一生巻き込まれるとなると……。

そのことはあとで考えなさい。いいえ、それではあとがこわいわ。今、ここで考えなければ。たった今、私のプリンスは貞節を守ると約束した。

今、切り出すべき？

「君は美しいよ、リリー」アレックスはやさしく言った。「とてもつらい時を過ごしてきたんだね……」

「ねえ、そういうふうに考えないでほしいの」リリーは鋭く言った。「前に私をベッドに誘ったのは……かわいそうだと思ったから？」

「もちろん違うよ」

「じゃあ、そのときと同じ気持ちになってほしいわ。私はあなたの隣に横たわって、これは魔法だと思ったことを覚えている。あなたの体をいとおしく思いながら」

「いとおしい」アレックスはぽかんとして言い、そしてにっこりした。「たしか、僕も君の体をそう思ったな」彼の目に例の笑いが浮かんだ。

笑いの共有。彼に惹かれたきっかけはそれだった。そのあとも感動はいろいろあった。とびきりすてきな体、やさしさ、情熱と驚き。でも、最初は笑いだったし、ここで慰めになったのも笑いだった。もしも二人で笑えたら……。こわがるのはあとまわしだわ。

「あなたは貞節を守ると約束しているのよ」

「そのとおりだ」

「ということは……」リリーは唾《つば》をのみ込んだ。

「もしも私たちが貞節を守って性的に純潔でいるとしたら、まさに修道生活のように禁欲的な一年間を送ることになるわ」

「僕はすごくだめな修道士になるだろうな」アレックスは即座に言い、また楽しげな目をした。「剃髪《ていはつ》は似合わないだろうし」

リリーは彼の豊かな黒い巻き毛を見あげた。修道士のように頭頂部をまるく剃《そ》った姿を想像してみた。

リリーはくすくす笑った。

「セクシーには見えないね」アレックスも同意してほほえんだ。リリーもほほえみ返した。すると、一気に興奮が押し寄せた。

アレックスは彼女の手をやさしく力強く握り締めた。そして、あの楽しげな目をした。

「君は結婚式の日の夜に僕の家にいる。信じられないほど美しい。そして、夫婦の貞節の話を持ち出した」

「それは必ずしもベッドへの招待状だとは限らないわ」それはもちろん招待状だった。アレックスはリリーの遊びに付き合った。

「では、プリンスから招待状を出すとしたら……」

「どんな招待状かしら？」

「正式な招待状だよ」アレックスは唇をリリーの髪に押しあててささやいた。リリーは彼の息を感じた。すごくエロティックだ。とてつもなくセクシーだ。

「たとえばこうだ。〝サフェイロス公国のプリンス・アレクサンドロス・コスタンティノス・ミコニスは、プリンセス・リリー・ミコニスをお招きいたします〟」

「プリンセスですって？」

「僕の妻だから、そういうことになる」アレックスは髪に口をつけたままささやいた。「一方、今のミアはどこの国の王妃でもない。ディアマス王国はもはや存在しないから。そろそろ彼女のもとには、今後その称号を使う権利を失う旨の通達書が届くころだ」

　リリーは夫を畏敬《いけい》の念をもって見つめた。ミアの反応を想像しながら。

「あなたってすごいわ」

　アレックスの目に欲望の炎がぱっと燃えあがった。

「僕が出そうと思っているこの招待状は……」

「いつ出すの？」

「今、準備中だ」アレックスはたしなめるように言った。「我慢して、僕のいとしい人。正式な招待状を作るには時間がかかる。封印に使う蝋《ろう》をとかして……。おっと、封蝋をさがさないと。君は蝋燭《ろうそく》を持ってないか？」

「持ってないと思うわ。さがす時間もないし」

「時間がない？　そうか……」アレックスの手に力がこもった。「正式な封印をせずにこの招待状を送るとして……返事を送ってもらうとしたら……」

「予想より早く返事がもらえるかもしれないわ」

「本当に？」

「本当よ」リリーはささやいた。「今すぐに」

「今すぐに？」アレックスは両手を彼女の腰にまわして、ぐっと引き寄せた。

「たぶんね」

「それにはなんて書いてあるんだろう？」

「考えなくちゃ」

「急いで考えてくれ」

　リリーは急いで考えた。「たとえばこんな感じ。〝プリンセス・リリー・ソフィア・ミコニスはプリンスのごていねいな招待をうれしく思い、喜んでお受けいたします〟」

「そうか」リリーにはアレックスの喜びがわかった。彼の興奮を感じ取った。外の世界は消滅し、二人だけが残った。

どうやったの？　私たちはどうやって赤ちゃんの授乳という穏やかで家庭的な場面を、あっという間に情熱的なものにしたの？

　でも、そうなったことは間違いない。リリーは膝が震えたが、もはや力を入れている必要はなかった。アレックスが彼女を抱きあげたからだ。彼は陰りをおびたまなざしで彼女を愛撫《あいぶ》し、求めた。

　私のプリンス。

「場所と時間だが……」アレックスはつぶやいた。

「それは交渉が必要じゃないかしら？」

「いいだろう、交渉しよう。まずは時間だ。今でいいかな？」

「緊急の予定は入ってないわ」

「すばらしい」アレックスの目が輝いた。「場所は？」

「ここではだめでしょうね」リリーは少し残念そうに言った。

「僕たちの子供がなんて思うかな」その〝僕たちの子供〟という言葉がとても刺激的で、膝に加えて体の内まで震えが走った。

「あの隣の部屋との境のドアが見えるか？」リリーは顔を上げ、そのドアを見て目を見開いた。

「まさか……」

「そのまさかだ」

「初めからそのつもりだったのね！」

「違うよ」アレックスは傷ついたように言った。

「でも、いい父親として、夜の世話は交代でするつもりでいたんだ。一晩じゅう息子のようすに耳をすましているとなると、そばにいる必要がある。すぐそばに。だから、君の部屋をここにしたんだ」

「つまり、あなたのベッドがあのドアの向こうにあるというの？」

「すぐ向こうにね。君が使うにもじゅうぶんな大きさならいいが」

「なんとかなるわ。少々派手でもかまわないわよ。以前、あなたの寝室は宮殿にあったわ。シャンデリアの下で眠っていた」

「あのときは伯父の後継者だったから。伯父の補佐役も期待されていて、執務も兼ねていたんだ」

「でも、今は執務中じゃないわ」

「執務は息子にやってもらおう」アレックスはにっこりした。「万が一、朝までに武装蜂起《ほうき》になったら、ミカレスは僕を起こして新聞社に電話するんだ」

リリーはおかしくて吹き出した。

「笑っているときの君が大好きだよ」アレックスはささやいた。リリーも似たようなことを考えていたので、はっと息をのんだ。「どうした？」

「あのね……あなたの笑い方もすごく魅力的よ」

「君も笑っているときの僕が好きなのか？」

「大好きよ」

「僕たちはテレビで、おもしろいどたばた劇でもさがすべきかな？」

「それもいいかもね」リリーは慎重に言った。

「でも、もっといいアイデアがある」アレックスはうなるように言い、歩いていってドアを足で押し開け、リリーを精密な機械かなにかのようにベッドに横たえた。

「シャンデリアがなくてごめん」

「いいのよ。笑いがあれば」

アレックスがシャツを脱いだ。裸の胸を見て、リリーははっと息をのんだ。

「笑いか」アレックスはにやりとした。「じゃあ、こんなのはどうかな。フライパンにソーセージが二本入っている。一本がもう一本のほうを向いて言う。〝ここは暑いな〟もう一本はなんと答える？」

アレックスは目でリリーを愛撫していた。いたずらっぽく楽しげに彼女を見おろしてほほえんでいる。そして、たわいないなぞなぞの答えを待っていた。

「わからないわ」リリーは笑いと、それとはまったく別の感情で喉をつまらせながらささやいた。「もう一本はなんて言うの？」

「〝おい、ソーセージがしゃべったぞ！〟」アレックスは初めてなぞなぞを解いた七歳児のように、にやりとした。あまりにばかばかしくて、リリーはいつの間にか彼と一緒に笑っていた。

その一方で、全身の神経が彼を求めていた。

そのとき、アレックスがベッドの上にのって、リリーのTシャツを脱がした。ブラジャーのホックをはずす。

「でも、暑がっているのはソーセージだけではなかったんだよ」アレックスはささやいた。笑いは消え、彼の力強い器用な指が彼女の胸を包んだ。「リリー、君は世界一美しい。君が僕のものになるなんて信じられないよ。君が世界一美しいってことは絶対に忘れさせない。でも、今は……。今は僕たちのためにある。笑うためにある。僕たちが努力すれば……」アレックスは目を閉じた。リリーは彼が大きな一歩を踏み出そうとしていると感じた。「今が永遠になるかもしれない」

ただし、永遠は期待どおりにはならないものだ。

アテネに一機の飛行機が着陸した。プライベートジェットだ。女性が現れた。アスファルトに降り立ち、目の前の景色を見渡した。ひどく不愉快そうに。

出迎えが一人もいない。オリヴィアはこの飛行機に乗るために、ミアからいろいろと巻きあげられた。ミアはしかたなくベンの飛行機を飛ばしてくれたが、その交渉のことでオリヴィアの怒りはおさまらなかった。娘たちが贅沢《ぜいたく》に暮らしている一方で、私は自腹でやりくりしなければならないなんて。

まあいいわ。私が娘たちの年齢だったら、同じことをしていただろう。実際にそうしたわけだし。でも私が母親であることをリリーが忘れるなんて……。結婚式にすら招待してくれなかった……。

人は道にはずれたことをするときもある。ときにはやんわりとたしなめることも必要だわ。

もしくは、きつく思い知らせてやることもね。

オリヴィアは空港の建物に入って税関を通り、次になにをするべきかを考えた。

サフェイロス行きのプライベートジェットに乗るのは、報道陣が集まってからだ。彼らは来るはずだ。私が正体を明かせばいいだけだ。

王妃の母親だと。王位継承者の妃《きさき》の母親だと。

私は娘たちにとてもよくしてやった。

今こそリリーに感謝してもらわなければ。

11

三日間、アレックスはリリーを笑わせ、愉快で充実した気分を味わわせた。

これほどいきいきした気分になるのは初めてだった。人生がこれほど魅惑的なものになるとは考えたこともなかった。

アレックスは侵入者がないよう、家の下の小さな入江に警備員を配置し、道路には封鎖物を置いた。それをまだ知らないリリーは、この楽しい生活が普通なのだ、人生とはこういうものだ、こうやってアレックスと末永く幸せな結婚生活を送っていくのだと思った。

アレックスは息子のかわいがり方が板についてき

た。幼い息子を溺愛《できあい》し、感嘆する姿に偽りはなく、息子を笑わせるところを見るにつけ、リリーはますますアレックスを好きになった。息子を抱いて泳ぐ姿を見ては、たまらなく幸せな気持ちになった。ミカレスがおとなしく寝ないときは、三人でベッドに横になり、アレックスとリリーはたがいの過去やミカレスの身に起きたことを語り合い、どんどん親密になっていった。

リリーはアレックスの子供時代のことを知った。父親を失ったときの痛いほどの喪失感、嫌いな伯父に母を追放されたときの絶望。母を一人で看病したこと、母を亡くしたときには自暴自棄になり、彼自身が変わってしまったこと。彼が一匹狼《おおかみ》として知られてきた理由がリリーには少しだけ理解できた。それを変えられるかもしれないとも思った。

アレックスはリリーの隣で息子をあやしながら、島の再建や経済成長、観光事業、島を繁栄させるためのアイデアを語った。

アレックスは一方的に話すばかりではなく、リリーの少女時代について聞き出した。話を聞くうちに、しだいに無口になっていった。それは腹を立てたからだった。リリーはそのことに驚いた。自分のために腹を立ててくれた人は一人もいなかったからだ。

ミルクを飲みおえたミカレスは、両親にはさまれて、満足そうにうとうとしはじめた。

この子が眠ったら……。リリーはなにが起こるか考えると、わくわくした。

アレックスはミカレスに目を向けた。赤ん坊は目を閉じていた。「眠っている」

「それじゃあ……」

「君は愛を交わしたい？　それとも泳ぎに行きたい？」

「私は……」

「迷うな」アレックスはため息をついた。「では、王の命令だ。愛を交わす。そのあとに泳ぐ。そしてまたベッド。それから……僕がディナーを作る」

それは夢のようなすばらしい時間だった。しかし、終わりは来るものだ。アレックスの休暇は三日間だけだった。島のきびしい財政状況はそれ以上待てない。

僕は行かなくてはならない。

リリーに夢の時間の終わりを告げるのはしのびないが、この時間は終わらせなければならない。

でも、僕が去ることは話さないでおこう。

これまで二人は冷蔵庫の中のものを食べてきた。アレックスのスタッフが食べ物をたっぷり入れておいてくれたのだ。しかし、それらはすべて出来合いのものだった。家政婦には来ないように言ってあった。だが、今夜は特別な夜にしなくてはならない。

彼女が誰かに料理をしてもらったのはいつだろう？　一度もないに違いない。

リリーはいつも午後にミカレスと昼寝をする。手術後まだ間もないので、体がじゅうぶんに回復していないのだ。アレックスは彼女にゆっくり休むように言った。

アレックスは眠る二人を眺めた。

僕の妻。僕の息子。

心の中でなにかが変わってきた。切望が満たされて初めて、自分にそのような切望があったことに気づいた。

僕の妻。僕の息子。

よし、彼女が眠っているうちに買い出しに行こう。

アレックスが買ってきたものをキッチンで広げていると、リリーが起きてきた。

「ディナーだよ」アレックスは、サロンという腰布を一枚まとっただけの妻にほほえんだ。僕の美しいプリンセス。「僕が腕をふるってごちそうするよ」

彼はCDをぽんと渡し、ステレオを指さした。「僕が料理する間、音楽でも聞いていてくれ」

そういうわけで、リリーは腰を下ろして、ミカレスと遊び、ディナーを作る夫を見守った。

アレックスは大きな体でキッチンを占領している。すごく男らしい。

彼が買い物袋を引っくり返すと、大きな帆立貝がごろごろ出てきた。貝の口はしっかり閉じている。

リリーは病気のせいで食べることに苦労してきた。精神的外傷、鬱《うつ》状態、精神的ショック――原因はわからない。食べなければならないのに、最後に空腹を感じたのがいつだったかを思い出せないのだ。

なのに急にとてもおなかがすいてきた。そして、とても、とても……。

飢えている。でも、それは食べ物に対してではなかった。

アレックスは帆立貝をボウルに入れ、次の包みを開いた。コリアンダーだ。刺激的な香りがする。

「そんな顔をしないでくれないか？」アレックスが言った。

「どんな顔？」

「とぼけるなよ。今すぐ君を抱きあげてベッドへ運んでいきたくなるような顔だ。でも、だめだ。僕には仕事がある。君は音楽を聴いているんだ。キッチンのプリンスのじゃまをしてはいけない。命令だ」

アレックスはリリーを笑顔にして、食べさせるための仕事に取りかかった。彼女はずっとわびしい人生を送ってきたが、今は僕の努力で笑顔にできる。

彼が持ってきたCDはABBA《アバ》だった。リリーはクラシックだと思ってディスクを入れたが、流れてきたのは四人組の力強いハーモニーだった。リリーは爪先でリズムをとらずにはいられなかった。

アレックスは強火でさっと焼いた帆立貝をレタスにのせ、コリアンダーとレモンのさっぱりしたドレッシングをかけて食卓に出した。リリーは《ダンシング・クイーン》を聞きながら、それを六つ食べた。そのようすをアレックスは満足げに見守った。

次の料理は、今朝とれたばかりの魚の切り身の天ぷらだった。付け合わせには、小さなじゃがいもを軽くゆでてオーブンでかりっと焼いたもの、チコリとアスパラガスとマンゴーとハーブのサラダを用意した。

メインの料理を出したところで、《悲しきフェルナンド》が始まった。リリーはテンポのゆったりした名曲に聞き惚《ほ》れながら食べ物を口に運び、天ぷらを三つ、じゃがいも三つと、サラダをたっぷり食べた。

アレックスも料理を平らげ、世界的に有名なガーデンショーで一等をとるのと同じぐらいに満足した。

リリーは……心を奪われているようだ。

彼女は本当に美しい。初めて会ったとき、髪がすてきだと思った。今、豊かにゆれていた巻き毛が男の子のように短くなっているのを見て、自分はあの髪に心を奪われたのだとわかった。ＡＢＢＡの《テイク・ア・チャンス》が始まると、彼女は喜びで顔を輝かせた。

〝美しい〟という言葉ではとうていおよばない。

僕はこの女性とベッドをともにした。彼女は僕の息子を産んだ。僕たちは結婚した。今になって、強い後悔が頭をもたげはじめた。もう一度初めからやり直したい。負担を背負い込む前、びくびくして一年を過ごす前、そして結婚を無理強いする前から。

リリーのワインはほとんど減っていなかった。彼女はまだ警戒しているのだろう。まだ不安なのだろうか？　彼女の笑い声の裏には常に、こんなことは終わりにするべきだという響きがあった。

彼女には心から笑ってほしい。なににもとらわれずにいてほしい。自由な意思で僕を愛するかどうかを決めてほしい。

彼女は本当の結婚を望むだろうか？

僕とかかわっていたいだろうか？

僕はそうしてほしい。隣にリリーがいれば、なんでもできる。二人でこの国を変えることができる。サフェイロスを統治する夫婦になれるのだ。

彼女を抱き締めて、その考えを話したい。

でも、慎重にならなければ。まだ解決できていない問題がある。未解決のままにしてきた理由は……深入りしたくなかったからだ。明日にはここを出て、問題の解決にあたろう。すべてを片づけたら戻ってきて、あらためてプロポーズしよう。

とりえずその前に……デザートだ。食べずにはいられないと思えるものを贈りたくて、アレックスはデザートをさがしまわった。しかし、リリーの顔がやつれ、血色が悪いのを見て思案した。

彼女はまだ回復期にある。厚切りの甘いチョコレートケーキのような重いものでは、気分が悪くなるかもしれない。

母を看病した苦い経験から学んだのは、少量のほうが食欲をそそるということだ。

アレックスはリリーが音楽を聴いている間に、急いでデザートに手を加えた。

彼女はほとんど話をしなかったが、アレックスは無理にしゃべらせようとはしなかった。この先のことを考えると、慎重に行動したほうがいい。

この時間はかけがえのないものだ。

〝かけがえのない〟はぴったりの表現だ。扱い方にはとまどうが、守らなければいけないことはわかる。

リリーを。

ミカレスを。

僕の家族を？

そうだ。僕が欲しいのは家族だ。

薔薇《ばら》のつぼみが描かれたアンティークの大皿の上には、小さなデザートが六つ並んでいた。チョコレートエクレア、オレンジ風味のチョコレートムース、生姜《しょうが》の砂糖漬け、ストロベリー味のスポンジケーキ、黄金色の焼き目がついたキャラメルプリン、砂糖をまぶされ、きらきら輝く葡萄《ぶどう》。

おいしそう。

もう少し警戒を解いてもいいわよね。リリーはそう考えて、ワインをもう一口飲んだ。少しだけなら。デザートを楽しめるぐらいに。

アレックスはそのデザートを島一番の料理人のマリカから買った。それを用意させるために、レストランを閉めさせなければならなかったが、かまうものか。王族で金持ちであることが役に立つのは、わがままを通すときぐらいだ。リリーが誘惑に負けて最後の葡萄を食べるのを見たとき、アレックスは、仮にその葡萄のために財産の半分を費やしたとしても、それだけの価値はあっただろう。

リリーは僕をますます夢中にさせる。

彼女がこの結婚をどう呼ぼうとも、僕は彼女にそばにいてほしい。

リリーは最後の葡萄を口にほうり込んで、彼にほほえんだ。「ごちそうさま。私たちの息子はぐっすり眠っているわ。さあ、なにをしようかしら……」

「僕が教えてあげるよ」アレックスが言った。そして、彼はその言葉どおりにした。

アレックスはリリーよりも先に目を覚ました。シャワーを浴びて身支度を整えた。リリーが目を覚まし、彼がコーヒーの入ったマグカップを手に立っているのを見つけた。彼はカップを高く上げて、申し訳なさそうにほほえんだ。

リリーはさっと体を起こし、シーツを顎まで引きあげた。

この三日間で彼女は変わった。きれいになった。内側から輝いている。

僕のリリー。彼女が美しいことはもともと知っていたが、想像以上の美しさだ。

彼女は僕の心をつかんで離さない。

「なにをしているの？」リリーの声は少し不安そうだが、怒りでそれを隠したように思えた。「服を着ているわね。私は着ていないのに」

「男は優位に立たなければならないときがある」

「あら、気に入らないわ。ベッドに戻って」

「宮殿に戻らなければいけないんだ。することがある。マンハッタンにもちょっと行ってくる」

リリーの顔がこわばった。「しかたないわね」

「僕が戻ってくるまで、ここにいてくれるかい？」

「いつ戻るの？」

「一週間後かな？　少しは早まるかもしれないが」

「そんなに長く？」

「しかたないんだ、リリー。いろいろとせかされてね。でも、君とミカレスはもう落ち着いたし……」

リリーの顔から表情が消えていった。「私たちの問題は片づいたから、次の問題へというわけ？」

「そんなふうには言っていない」アレックスはリリーを見おろした。とても美しい……僕はこのベッドに腰を下ろして、計画を話すべきだ。僕の夢を。彼女とともに生きていきたいということを。

でも、もしも彼女の反応が悪かったら……彼女がおじけづいたら……。僕はどうしても行かなければならないし、彼女に同意してもらえなかった場合、その失敗を挽回《ばんかい》している時間がない。

戻ってきて話をするまでは、なにも言わないほうがいい。きっと彼女は理解してくれるだろう。

「わかってるわ」リリーは後悔して表情を取り繕った。「あなたが行かなければならないことはわかっているの。私もスピロスのようすを聞かないと。まだ彼の造船所を見てないわ」

「すばらしい作業場だよ」アレックスは、リリーがあっさり話題を変えてくれたことがありがたかった。「スピロスとエレニの家は港の近くだ。僕の部下が用意した。造船所はその小さな建物で続けることになるが、もうしばらくして要望を伝えてくれれば、大きい家を建てよう」

　リリーは理解しようとした。アレックスの口調は事務的だ。私もそうするべきだ。

　ハネムーンは……終わりなの？

「この国は貧困に陥っているそうね」

「そのとおりだ。ただ借金を返すだけで、ほかに手を打たなければ、国はすぐに破産する。僕は国の借金を合理的に処理する計画を立てているんだ。今の僕は王位継承者だから、海外の資産を売却できるし、王家の貯蓄を返済にあてることもできる。スピロスの造船所を軌道に乗せることができたら、地元民を雇ってもらえる。それが第一歩だ。この島全体を軌道に乗せることができるようになるよ」

　アレックスは腰をかがめて、力強く彼女にキスした。

「そうできるのは君のおかげだ、リリー。君が結婚に同意してくれたからだ。僕なんて無力なものだ」

　リリーは彼の熱心な言葉を聞いてほほえんだ。しかし、キスを返しながらも、彼の言葉に疑問を抱いた。

〝結婚に同意してくれたから〟

　彼は私と結婚しなくても、今の状況を作ることができたのではないかしら？

　いいえ、きっとできなかった。

　できるわけがない。私にはわかる。

どうして忘れていたのだろう？　私が結婚に同意したのは、アレックスが王位を維持して国を救うためだ。彼がこの先ずっと私の隣で目覚めたいからではない。

アレックスが動きだしている。彼には潜在的な指導力がある。私のプリンスは、この国のための目標を達成しようとしている。

リリーは自分が空想にふけっていると思ったが、体の奥から始まった震えが激しくなるのをとめることができなかった。

「リリー」彼女の不信感に気づいたアレックスは困った顔をした。腕時計をちらりと見て、顔をしかめた。「二時間後に銀行家たちと宮殿で会うことになっている。先に確認しておかなければならない数字もある。僕はできる限り長く君のそばにいた。君は一人でも大丈夫か？」

「もちろんよ」大丈夫ではなかったが、女にはプライドがある。「問題を解決しに行って」

「君のために車を用意してある。ガレージの中だ。キーはキッチンのベンチの上にある。後部座席にはチャイルドシートがついている。港へ行って、スピロスをさがしておいで。人目につかないように。記者たちには近づくなよ」

「彼らとは話をさせたくないの？」

「話をするなら、二人一緒のほうがいい」アレックスは腰をかがめてもう一度キスした。力強く、自分のものだと言わんばかりに。「君と僕は力を合わせる。僕たちはチームだ。それを忘れないで」

アレックスはリリーの頬にそっと触れたあと、隣の部屋へ行って、ミカレスのほうへ身をかがめて、心の中で息子にいってきますと言った。

そして、彼は出ていった。

彼は本当の夫婦になることを約束してはくれなかった。なんだか心細い。これは政略結婚だ。でも、実際はたがいの体を楽しんでいる……。

私は彼の体だけを楽しんでいるわけではないわ。

いいえ。〝楽しむ〟はとても安っぽい言葉だ。

私は愛しているのよ。

心に支配される女は愚かだ。

誰の言葉だったかしら？　母が家を出ていくときに言ったのだ。

〝私たちはお金を使い果たしたわ。私の語彙《ごい》に愛はない。あなたの語彙からもなくすべきよ。ミアと私は出ていくわ。あなたはついてきたければそうしなさい。お父様のもとにとどまるなら、不幸になっても私のせいにしないで。頭で判断しなさい。心に支配される女は愚かよ〟

きっと私は愚かなのだ。とても愛しているから。

リリーは立ちあがり、私道を見おろす窓まで歩いていった。アレックスがジープを運転している。ジープがしゃくなげの道に近づいたとき、木陰からスーツ姿の男が二人現れた。アレックスは車をとめて、彼らに話しかけ、家のほうを指し示した――リリーがいる窓のほうを。リリーはカーテンの陰にさっと身を隠した。

ふたたび窓から見たときには、ジープはすでになく、男たちも木陰にまぎれてしまった。

護衛かしら？

私はなんてことに巻き込まれてしまったの？

早くここを出よう。私が帰りをおとなしく待っていると、夫が思っているのなら……。

記者と話したりはしない。スピロスをさがしに行くのだ。造船所の開業準備を手伝えば、楽しい時間を過ごすことができる。

ここでじっと待っているよりずっと楽しいだろう。

きっと、王室のプリンセスたちは、夫が自分の時間を過ごしてくるのをじっと待っていることだろう。

でも、このプリンセスは違うわ。

12

車とベビーシートを確認し、ガレージのシャッターの上げ方を突きとめるまでが大騒動で、リリーは混乱を通りこして、いらだちさえ覚えていた。

アレックスが車を買い、友達のところへ行ってくるように言ってくれたのは、とても親切なことだった。しかし、ベビーカーや哺《ほ》乳《にゅう》瓶、おむつバッグを積み込むのに苦労し、赤ちゃんをチャイルドシートに乗せるのにてこずるのは、彼ではない。

リリーの車がしゃくなげの道へ出ると、その後方にグレーのセダンが現れた。百メートルほど距離を保ち、彼女がスピードを上げると、その車もスピードを上げ、彼女がスピードを落とすと、その車も落とした。

私はこういうことに慣れなければいけないの？

「きっとあなたのパパのボディガードよ」リリーはミカレスに言った。「私がベビーカーをたたもうとしていたとき、彼らはどこにいたのかしらね？」彼女はバックミラーをにらみつけた。

しかし、不思議とリリーの機嫌はよくなってきた。すてきな朝だ。陽光が海に反射して、ダイヤモンドのように輝いている。それがこの島の名の由来だ。水平線に浮かぶクリセイス島とアルギロス島が美しく神秘的に見える。ボートがあれば、探検に行ける。

「ボディガードを従えてね」リリーは思い出して、にやりとした。

スピードを落としてサンルーフを開き、ステレオのスイッチを入れた。まあ！　アレックスはＡＢＢＡ《アバ》のＣＤを入れておいてくれたわ。

彼はとてもいい人だ。おまけに、たまらなくセクシーだ。私だけのプリンスよ！

　リリーはプレイボタンを押し、曲に合わせて大声で歌い、バックミラーに映る息子にほほえみかけた。

　幸せだわ。でも、素直になれない。

　私はプリンセスではない……普通の人間だ。

　せめて人に頼らず、自主性をもって生きたいけれど、それもどうでもよくなってきた。

　ちょうどいいじゃないの。ボディガードに守られているし、記者と話すことは禁じられている。

　なんだかますます不愉快になってきた。この三日間の出来事は幻想だったのかしら？

　宮殿のそばを通るときにスピードを落とした。この広い建物のどこかにアレックスがいる。問題解決に努めている。

　私を抜きにして。

　彼はなおも独立独歩というわけね。

「私は宮殿にはいたくないの」リリーはミカレスに言ったが、それは嘘《うそ》だった。

　〝私は、あなたの行かれるところに行き、お泊まりになるところに泊まります。あなたの民は私の民……〟

　聖書のルツ記の一節にあるとおりだわ。愛する人の行くところが私の家なのだ。

　心からアレックスを愛しているのだから、彼がシャンデリアに囲まれて暮らしたり、マンハッタンで暮らしたりする必要があるなら、私もそこにいるべきだ。

　でも、彼は私を必要としていない。

　リリーは幸せな気分ではいられなくなった。

　今日が現実の始まりなのだ。

　アレックスは宮殿の中庭に車をとめた。ニコスが待っていた。アレックスが来るように頼んだのだ。

「やあ」ニコスが歩いてきて握手した。

「来てくれてありがとう。欲深いやつらに一人で立ち向かいたくなかったんだ」

「リリーを連れてくるかと思ったのに」

「彼女は今ごろ、ハイウェイを走行中だ」

「ここへは来たがらなかったのか？」

「この件は彼女には関係ない」

「そうだな」ニコスは答えたが、首を振った。「いいや、違うよ。二人は夫婦だろう？」

「そうだけど……」

「じゃあ、彼女も同席するべきだ」

「彼女が銀行家たちの話を理解できると思うか？」

「僕が理解できると思うのか？」

「君がいれば心強いというだけの話だ」

「そうか」ニコスはそれ以上はとやかく言わず、いぶかしげな顔をするだけにとどめた。「さあ、行こう。でも、その前に知らせておくことがある」

「なんだ？」

「リリーの母親がアテネにいる。報道陣に話をしていた。君とリリーがまだ問題を抱えていなかったとしても、もうすぐ抱えることになるぞ」

　まあいいわ。私は記者とは話していないんだし、アレックスは買い物に行くことは禁じなかった。

　妙な照れくささと多少の緊張を感じながら、リリーはショッピング街に大型車を乗り入れた。

　リリーは少しだけ開き直っていた。驚くようなことをしてみようかしら。たとえば……セクシーなランジェリーを買うとか。

いい考えがある。

　リリーは思わずにやりとした。やってしまおう。

　車をとめると、例のグレーのセダンも二台うしろにとまり、スーツ姿の男が二人降りてきた。

　リリーは車を降りて、彼らに手を振った。男たちは驚いたように見える。

「どちらか一人、ベビーカーを広げてくれないかしら？」リリーは声をかけ、ベビーカーをトランクから引きずり出した。

男たちはためらった。めだたないようにと言われているのだ。

「私に気を配ることでお給料をもらっているんじゃないの？」リリーが強い口調で言うと、彼らは顔を見合わせ、とうとう年上のほうが肩をすくめた。

「かしこまりました」

「よかった」リリーはミカレスをチャイルドシートからはずしながら言った。「お手伝いに感謝するわ。プリンス・ミカレスは、ベビーカーを広げてもらわないと移動できませんからね」

二分後にはリリーはミカレスをベビーカーに乗せ、店先をぶらぶらと歩いていた。

みんなが私を見ている。

ちょっとめだつかしら。赤ん坊を散歩させる若い母親の一メートルうしろを、筋肉隆々の男が二人ついてきているというのは。

リリーは立ちどまり、くるりと振り返った。「もっと離れてくれない？」

「あなたから目を離すわけにはいきません」

「わかったわ」リリーは不機嫌な顔で二人をにらみつけ、ベビーカーを彼らに押しつけた。「私は新聞とコーヒーを買ってくるわ。見張るのなら、そのカフェの窓からどうぞ。殿下のお世話をよろしくね」

リリーは冗談のつもりだった。新聞を買ったら、コーヒーを買わずに戻ってくるつもりだった。

ところが……。

教育熱心だった父のおかげで、リリーはギリシア語をある程度は読むことができる。

新聞を買う前に、紙面の写真が目に入った。リリーは驚いて新聞を手にとった。

スーツ姿の若いほうが突然隣に現れて、財布を取り出して言った。「お支払いします」

「とんでもない」リリーは第一面を見つめたままつぶやいたが、代金を支払ってもらうしかないことに気づいた。まだ通貨を両替をしていなかったのだ。

「じゃあ、全種類買って」リリーはカウンターに並ぶ新聞を指さした。「お金はあとで返すわ。コーヒー代も貸してちょうだい。そのあとは私を一人にして。ミカレスを頼むわよ」

そのとき、リリーは口のきき方がミアみたいだと思い、顔をしかめた。王族ぶって横柄な態度をとるなんて、私には似合わない。

「あなたたちもコーヒーを買ってね」リリーは男性の背中に呼びかけた。「それから食べ物も。なんでも好きなものを。その分もあとで返すわ」

リリーはコーヒーショップを見つけた。古びた船室を模した喫茶店という雰囲気で、奥まった席はほどよく暗い。これなら、カウンターのうしろにいる若いウエイトレスに正体がばれずにすむ。

リリーはカウンターからいちばん遠い席につき、新聞を読みはじめた。ウエイトレスがコーヒーを運んできた。リリーは最初の一口をあわてて飲んだせいで、口をやけどしてしまった。

今、リリーのまわりには三紙の新聞が広げられている。それらの大見出しは次のようなものだった。

〝私の偉業――二人の娘が王室入り〟

〝私の賢いリリー――生まれたときからプリンセスになるよう教育〟

〝私のプリンセス・リリーが相手ではアレクサンドロスに勝ち目はなかった〟

世界じゅうにひけらかしたわけだわ。母のあからさまな功名心を。母が見て見ぬふりをしたこと、母の無慈悲さ、自分がだまし取られた栄誉ある地位を娘に手に入れさせるための奮闘を。

　母は、あるプリンセスの次女の次女という二流の王族として育ったことに怒りと屈辱を感じていたと語っている。貴族生まれの金持ちの夫にだまされたことや、ミアをしかるべき地位につけるために奮闘したこと、ミアが王妃になり、さらに大金持ちになったことを誇らしく思っていることも。

　そして母が先を見すえて、賢く計画を練った結果、二番目の娘リリーが王位継承者の妻となったこと。

　これで一族の夢がかなった。母はこれから娘に会いに行くと言っている。賢い娘に会いに。

　リリーはうんざりした。

　ウエイトレスがコーヒーカップを下げに来た。新聞を見て、そのあとリリーをまじまじと見た。

「これ、あなただわ」彼女はリリーの写真を指さした。「あなたはプリンセス・リリーですね」

「私はプリンセスじゃないわ」

「あら、あなたはプリンセスです。私だったらプリンセスになりたいわ。結婚式のあとの新聞を読みました。ビーチでお子さんとご一緒に撮られた写真が載っていて、美しい方だと思いました。恋愛結婚のようにも見えましたよ」そこでわざとらしくため息をついた。「でも、あなたのお母様が真相を話されて……」彼女は胸の前で手を握り合わせた。「私の恋人のカルロスは貧しい漁師です。でも、私はたとえプリンスに求婚されても、カルロスとは別れません。プリンスは名誉のためにあなたと結婚したけれど、私のカルロスは愛のために結婚してくれます」

　ウエイトレスは優越感にひたりながらカップを持って立ち去り、リリーはよけいに不機嫌になった。

　リリーはまた新聞を読みはじめた。

　アレックスに対する批判はなく、特殊な状況下で正しいことをした高潔な人物と評されていた。

　しかし、リリーは違った。いちばん高い値段をつけた者に身売りした女と書かれている。

社説は、リリーとその家族に対する嫌悪感をわきへ置いて生きていこうと助言していた。

店の外の通りでは、ボディガードその一、その二がベビーカーを押して、行ったり来たりしていた。不満げに店内のリリーをにらんでいく。

彼らも新聞を読んだのかしら？

私も息子を捨てていなくなると思われているの？

リリーは新聞を読み進めるうちに、ますますいやな気分になった。先ほどの社説の最後には、余談ともいうべきことが書かれていた。

〝本紙が聞いた噂《うわさ》によると、プリンス・アレクサンドロスはアメリカでの有名なガーデニングプロジェクトに参加を依頼されているという。アレクサンドロスが公務をこの女性にまかせていくことになれば、本紙は強く抗議したい。プリンセス・リリーは大きな玉の輿《こし》に乗った。それで満足してもらわねば。ちなみに、プリンスは彼女を宮殿に住まわせていない。それはそのままでいい。この女性と不愉快な母親には我々の生活にかかわらないでいただこう〟

そして最後に、三つの指輪が写った一枚の写真が載っていた。説明文によると、その指輪はダイヤモンド諸島の三公国のものだという。サフェイロスの指輪はサファイアと三石のダイヤモンド、アルギロスは銀に三石のダイヤモンド、クリセイスは金にやはり三石のダイヤモンドがついている。

それらは歴代の各国の大公妃のみが使ってきたもので、銀行の貸金庫に保管されているらしい。

社説は次のように続けている。

〝これらの指輪をつけるのは、真に栄誉を受けるべき女性たちだ。ギオルゴスの先祖が公国を消滅させて以来、指輪は銀行の貸金庫で保管されてきた。ちなみに、アレクサンドロスは結婚式でサフェイロスの指輪を使用しなかった。今ならその理由がわかる〟

リリーはしばらくの間、自分の指の平凡な金の指輪を見おろしていた。そして、それをはずして、ジーンズのポケットに押し込んだ。

そのとき、携帯電話が鳴った。リリーは正面から写された母親の顔を見つめながら、うわの空で電話に出た。私の母親ですって？　写真から見あげてくるその女性には、母親と呼ばれる資格などない。

「リリー？」

アレックスだった。電話をかけてきて当然だ。言いつけにそむいて、人目につくところに出てきたのだから。今まで電話が鳴らなかったことのほうが驚きだ。

「新聞を読んだか？」

「今読んでいるところよ。〝有名なガーデニングプロジェクト〟ってなに？」

「なんでもないよ。君のお母さんが……」

「気にさわるわよね。それで、どんなプロジェクトなの？」

「お母さんに黙るように言ってくれないか？」

その話ね。プロジェクトの言い訳もしない。この記事で私が傷つくなんて考えもしないんだわ。

「母とは五年も話していないわ」

「それでも君の母親じゃないか」

「彼女はそう言ってるけどね」

それでアレックスはリリーの怒りを理解した。電話口ではっとして、気を取り直し、なだめるように言った。「彼女がなにを言おうが……それでなにかが変わるわけじゃないよ」

「変わるに決まってるわ」

「彼女が君とかかわりがないなら……」

「私はまだ彼女の娘だもの。玉の輿をねらった二人の娘のうちの一人よ。国民にそう思われているのに、私がのんびり構えていられると思う？」

「国民は君をそんな人間だとは思わないよ」

「その一方で、あなたはマンハッタンと国を行き来して、とても有名なプロジェクトをやりつづけるのよね。あなたはそのことを話してくれなかった」

　リリーの耳に鋭く息を吸う音が聞こえた。そして……。「リリー、僕には整理すべきことが……」

「もちろん、あなたには整理することがあるわよね」リリーは話しながら周囲を見まわして、店内にいる全員が聞いていることに気づいた。なにを話すにせよ、夕方までには島の端から端まで知れ渡ってしまうだろう。それならそれでかまわない。断固たる態度をとるなら、今がそのときだ。「私はスピロスの造船所に向かう途中なの」リリーがギリシア語で話したので、喫茶店の利用客全員に理解できた。「それから不動産会社にも相談に行くわ。港のそばに家が必要だから」

　アレックスは驚いて黙り込んだ。そして言った。

「リリー、なんの話をしているんだ？」

「私の今後の話よ。船大工としてのね」

「僕たちは宮殿で暮らすんだよ」

「あなたは自分の好きなところに住みなさいよ。私は、私とミカレスのための家が欲しいの。ワンルームでいいわ。それと、今の私があるのは母のおかげではないわ。マスコミがなんと報じようとね」

「僕は君がそうだなんて言っていない」

「あなたがなにを言ったかなんてどうでもいい。島の人はそう信じているのよ。でも、私があるのは彼女のおかげなんかじゃないわ」

　リリーの声はしだいに大きくなっていった。よかった。ちょうど叫びたい気分なのよ。椅子を持ちあげて、窓の外へほうり出したい気分だわ。

この数日間、私は手さぐりながらも、人生の門出を新鮮なわくわくした気分で過ごしてきた。未来を模索してきた。ミカレスとアレックスのいる生活を。

でも、アレックスの考えた暮らしは違った。私は宮殿でプリンセスとして過ごし、島民に嫌われ、アレックスは好きなように島を出入りする。でなければ、彼の隠れ家に置き去りにされるのだ。

「私があなたと結婚したから、ミカレスはあなたの後継者よ。あなたは国を治めればいいわ」リリーは嫌悪感でいっぱいだったが、これは言わなければならなかった。「でも、そこまでよ。私はプリンセスではないわ。港のそばの家に住む。あなたはミカレスに会いたければ、いくらでも会っていいわ、あの子が毎晩私の家に帰ってくるならね。でも、王族としての役割はあなたがしてちょうだい。なんでも好きなことをしなさいよ。ただし、私をあてにしないで。さてと、これで失礼するわ、スピロスをさがさなければいけないの。彼と私にはともに歩む未来があるわ。あなたと私にはないのよ」

アレックスにはもう一つ会議の予定があった。あと……三分か？　ニコスにはまかせられない。

僕は埠頭《ふとう》へ行って、リリーと話す必要がある。

「宮殿で暮らしながらだって、船は造れるだろうに」アレックスはつぶやいたが、この問題がもっと深刻であることはわかっていた。

執事が氷水の入った優雅なクリスタルのグラスを銀のトレイにのせて部屋に入ってきた。その年配の執事は話しかけられたのかと思い、問いかけるように眉を上げた。「ご用でしょうか？」

ああ、誰かに相談せずにはいられない。「プリンセス・リリーがここに泊まる―

「かしこまりました。お母様もこちらへお泊まりになるのでしょうか？」

「とんでもない！」

「クイーン・ミアのお母様は、こちらに専用のお部屋をお持ちです」

「部屋を板でふさいでしまえ」アレックスは鋭く言った。「あの女は絶対にここへは来させない」

「それで……プリンセス・リリーは？」

「ここへは来ないと言っている。ばかばかしい」

「彼女が宮殿にお泊まりにならなくても、国民は気にしません。政略結婚だとわかっていますから」

「彼女もそう思っている」

「誰もがそう思っていますよ」執事はそっと咳《せき》ばらいをして腕時計をちらりと見た。「会議です、殿下」

「会議なんかくそくらえだ」

「スイスからお越しの銀行家の方々ですよ。彼らは債権者ですし……」

「会議にはニコスに出てもらう。僕は出かけなければならない」

「埠頭へですか？」執事がふたたび眉を上げた。

「そうだ。運転手は必要ない。これは僕とリリーの問題だ」

「かしこまりました」執事は無表情で言い、立って待っていた。

「なにを待っているんだ？」

「グラスを下げに来ましたので」

「このグラスはいくらだ？」アレックスは言った。その声を友達が聞いたら、危険を察知しただろう。

「アンティークですので。大変高価です」

「じゃあ、僕がこれを暖炉に投げ捨てたら……」

「スキャンダルになる可能性は高いですね」

「プラスチックのを使え」

「今なんとおっしゃいました？」

「いや、ジャムの瓶のほうがいいな。ジャムの瓶なら粉々に割ることができる」

「ジャムの瓶があるかどうかは……」

「もちろんある。朝食にジャムを食べるだろう？」

「キング・ギオルゴスはスモークサーモンを好まれましたから」

「それなら新しい統治者として、家事に関する最初の命令を出す」アレックスはうなるように言った。追いつめられた男のような口調だ。「僕は朝食にジャムを食べたい。瓶入りのだ。ここは宮殿かもしれないが、我が家でもあるべきだ」

「かしこまりました」執事はぴくりとも動かない。「ところで、会議ですが……」

アレックスはため息をつき、グラスを銀のトレイに置いた。「債権問題は僕が対処する。何時間もかかるだろうが、解決しなければならない。それがすんだら、まっすぐリリーのもとへ行く」

「はい、殿下。ご用意ができたと先方に伝えてまいります」執事は出ていこうとしたが、ドア口で立ちどまった。「プリンセス・リリーの母親はどうしましょう？　午後のフェリーで到着すると連絡があったそうです。先ほどの……絶対に来させないというのは……本気でおっしゃったのでしょうか？」

アレックスは迷った。この件はきちんと決着をつけなければならない。アレックスは彼女がしたことについて、しばらく考えた。リリーの母親だと？　そう呼ばれる資格があるのか？

「本気だ。ミアは今、どこに住んでいるんだ？」

「まだドバイのはずです」

「ドバイか。くそっ、時間がないな……」

執事が慎重に咳ばらいをした。今回の咳ばらいには別の意味がありそうだ。耳を傾けるべきだろう。

「なんだ？」アレックスは言った。

「恐れながら助言をさせていただきますが、殿下、こちらでは大勢のスタッフがあなたにお仕えするために待機しております。私どもにとって、殿下にお仕えするのは名誉なことです」


　アレックスはとまどって執事を見つめた。

大勢のスタッフが僕に仕えるために待機している。

　僕は王族なのだ。

〝殿下にお仕えするのは名誉なことです〟

　今まで考えたこともなかった。

　しかし、使い方を誤れば危険を招く。


「僕には王室秘書官がいるが」

「はい、殿下」

「彼はギオルゴスの部下だったのか？」

「彼は殿下にお仕えすることを望むと思います。殿下が島民に奉仕したいとお望みのように」

「プリンセス・リリーにもか？」

「彼女が本当に殿下の奥様であれば、もちろん彼女のお役にも立つでしょう」

「では、秘書官を使いに出そう。スイスの銀行家たちには、十分後に行くと伝えろ。そのとんでもなく高価なグラスで水より濃い飲み物をお出しするように。ああ、そうそう、会議後すぐに速い車と運転手が必要だ。ところで、ジャムの件は本気だぞ」


　執事は無表情な顔を少しだけほころばせた。「はい、殿下。たしかに承りました」彼は部屋を出て、そっとドアを閉めた。


　五時間後、やっとアレックスは会議から解放され、車で港へ向かった。

だが、その後の段取りまでは考える暇がなかった。

スピロスの造船所に入るなり、その光景に驚いた。

　リリーが船の下にもぐり込んでいる。

　かつては空き家だった小屋で、男性六名と女性二名と赤ん坊が一艘《そう》の船を囲んでいた。それはアレックスのあの小型ヨットだった。

　いつの間に運び込んだのだろう？

リリーは船首の下にもぐり込んで、板を次々とたたいて調べている。ほかの者たちは横から見ていた。

「リリー」

彼女にはアレックスが入ってくるのが見えていなかった。アレックスには、彼の声を聞いて彼女がぴたりと動きをとめるのが見えた。彼女は挑戦的ともいえる顔をした。それから、作業に戻った。

「かつての姿に修復できるわ」リリーがアレックスの存在に気づいていることを知らせるのは、声のかすかな震えだけだった。「この継ぎ目が見える？　どうやって組み合わせているかがわかる？　まさに職人技だわ。まずは技法を調べなくては」

「宮殿ならインターネットが使えるよ」リリーが黙り込むと、アレックスが大声で言った。

「そうだ、うちにもインターネットを引かないと」リリーはアレックスによそよそしい態度をとった。

「君の家にはなにも必要ない。僕たちは宮殿に住むんだ」

アレックスは無視された。「私のノートパソコンはちょっと古いけど、きっと大丈夫よ。港にもブロードバンドを引けるかしら？」

「僕たちは宮殿に住むと言ったんだぞ」

やっとリリーはアレックスの存在を認めた。ヨットの下から出てきて立ちあがり、埃《ほこり》を払った。

「いいえ。私は宮殿には住まないわ」

「なぜ？」

「母が宮殿で暮らすから。新聞を読んでないの？」

「彼女は宮殿には住まない」

「母がそう言ったのよ……」

「彼女がなにを言おうが、関係ない。ミアにはギオルゴスの未亡人として多額の手当が生涯支給されるようになっていた」アレックスはリリーを含む全員に向かって話した。「僕は遺産管理人だ。今朝、その手当の一部を君のお母さんが永続的に利用できる旅行基金に変更した。お母さんはドバイ行きのファーストクラスの航空券とホテルの宿泊券を受け取った。ミアがどこへ引っ越そうと、この基金から航空券と豪華な宿泊施設の代金が支払われる。だからミアと君のお母さんはいつまでも一緒に過ごせるというわけだ」

　リリーは怒りをしずめ、感服してアレックスを見た。すると……不思議なことに、笑いがこみあげてきた。「あの二人では殺し合いになるわ」

「ちょうどいいじゃないか」アレックスは思いきってにっこりした。

　その行為は失敗だった。「私にほほえまないで」リリーはきびしく言った。自分がどこにいるかを思い出し、腹を立てていることを思い出して、気持ちを引き締めようとしていることは明らかだった。

「あなたが私の母にしたことは……上出来だわ。でも、私を買収できると思っているなら……」

「そんなことができるとは考えたこともなかった」

「あなたはマンハッタンに行くつもりね。私は宮殿に残るの？　冗談じゃないわ」

「その件は話し合う必要がある」

「必要ないわ」リリーは不機嫌に言った。

「君に話さなければならないんだ」

「誰も私に強制できないわ」

　見守る人々から押し殺した笑いがもれた。これはみんなの前でできるような話ではない。

「頼むよ、リリー。二人きりで話したい」

「私は忙しいの」

「僕のヨットの修理があるからか？」

「修理してほしくないの？」

「してほしいけど……」

「じゃあ、決まりね。請求書はあなたに送ればいいかしら？　スピロス、これが最初の依頼になるかもしれないわ」

「リリー！」

「なにかしら……殿下？」リリーは眉を上げて問いかけた。「ほかになにかご用でも？」

「君にそばにいてほしいんだ」

「理解できないわ」

リリーはアレックスに背を向け、スピロスに話しかけた。「必要な材料をリストにまとめましょう。事務所でする？　エレニ、ミカレスをもう少しの間見てもらえるかしら？　私たちは向こうで……」

アレックスはリリーの前に立ちはだかった。彼女は胸当てのついたオーバーオールに野球帽といういでたちだった。その姿がどんなにかわいいか、彼女はわかっているのだろうか？　彼女のために僕がどんなに必死になっているかわかっているのか？　どんなに自分の力不足を感じているかを。「リリー、話がある。今すぐにだ！」

「話を聞いたほうがいいんじゃないかしら」エレニが心配そうに言った。「殿下は私たちにとてもよくしてくださっているのよ」

「あなたたちにはね。私にはそうでもないみたい」

「あなたをここへ連れてきてくださったわ」エレニが言った。「あなたをプリンセスにしてくださった」

「私はプリンセスになんかなりたくないわ」

「女の子は誰でもプリンセスになりたいものよ」

「あなたはプリンセスになりたいの？」リリーはエレニに向き直った。「スピロスと結婚できなくなるとしても」

エレニは困惑してリリーを見つめた。「スピロスは……特別よ」

「なぜ特別なの？」

「彼がスピロスで」エレニは、小太りで髪が薄くなってきた夫を愛情をこめて見た。「私を愛しているから。公正な比較にならないわ」

「たしかにそうね」リリーは納得して、アレックスに向き直った。「わかった？　スピロスはエレニを愛しているの。二人に話し合いの必要はない。二人は一緒にアメリカへ渡り、ここへも一緒に来たわ」

「君もマンハッタンへ行きたいのか？」

リリーは首を振った。怒っているようだ。「あなたは人生のその部分には私をかかわらせたくないのよ。島の人々も私とは顔も合わせたくないんだわ。でも、かまわない。不動産業者が来て、理想的な家を見せてくれたの。寝室が二部屋あるから、ミカレスと私は望めば部屋を別にできるし、その部屋からは港が見晴らせるのよ。ずっと幸せに暮らせるわ。さあ、そろそろ仕事に戻らせて……」

「リリー、話をしよう」アレックスが歯を食いしばりながら言うと、エレニがにっこりしてリリーの背中を押した。

「彼が怒りを爆発させる前に、一緒に行きなさい」

「べつに彼が怒りを爆発させてもかまわないわ」

「やっかいなことになるわよ。二人で話してきなさい。スピロス、手伝って」

するとスピロスは突然アレックスのうしろにまわり、エレニはリリーのうしろにまわって、二人を造船所から追い出して、ばたんとドアを閉めた。

こうして二人は突然埠頭にほうり出された。船は一艘もない。一羽の鴎《かもめ》が杭《くい》にとまって羽繕いをし、桟橋の柱に波が打ち寄せている。人影はない。

「漁船はどこへ行ったのかしら？」リリーの声も顔つきも困り果てていた。

「漁に出ているんだ。リリー、こんなの無茶だよ」

「無茶じゃない」リリーは果敢に言い返した。「私はやるわ。家はあそこよ」彼女は港の対岸を指さした。「窓に植木箱がついている家。庭を持っているのはあなただけではないのよ」

「本当に一人で住みたいのか？」

「ミカレスとね」

「なぜ？」

「母や姉を手本にするつもりはないからよ。新聞を読んでやっと気づいたの、彼女たちは面汚しよ。ところで、私はあなたの妻でいてもいいのかしら？」

「もちろんだよ」

「あなたがここにいなくても？」

アレックスは車の中でその問題を必死に考えてきた。そして答えを出した。僕はリリーを愛している。この結婚を続けられるはずだ。

「君を残していくときもあるだろう」アレックスはゆっくり話した。もう嘘はつかない。「君には船造りがあるなら……僕にもなにかが必要だ。僕はプリンスでいるだけなんてできない」

「白状したわね」リリーは怒りをやわらげた。「私にはなにかを期待する資格はないわ。結婚といっても名ばかりなんだから」

アレックスは首を振った。「ベッドをともにしたのに、どうして名ばかりの結婚なんだ？　たがいに貞節を守ることを約束しただろう？」

「どちらもするべきではなかったのよ。私の人生はずっと手に終えないことばかりだった。私はまともな人生を送りたいの。あなたのすてきな家にいたときは、ともに人生を歩めると思ったわ。でも、それは愚かな考えよ。私は私自身の道を切り開きたい」

「僕が入り込む余地はないのか？」

「どこにもないわ」リリーは寂しげに言った。「私はあなたの妻としては生きられない。あなたはときどきプリンスの役目から逃げ出すのよ。私をプリンセスのまま置き去りにして……」

「僕にずっとここにいてほしいのか？」

「なにも望んでいない」リリーは泣いてしまいそうだった。「私にはあなたになにかを求める権利はないのよ。ミカレスへの支援を除いては。なにもいらないわ」

「君にはすべてを手にする資格がある」

「私にはすべてそろっているわ」リリーが顔をぐっと上げたので、強い日ざしが顔に照りつけた。「息子がいる。人生がある。大好きな仕事がある。世界でもっとも美しい環境に囲まれている。これ以上なにを求めるの？」

「僕だ」それはかなりうぬぼれた、非常識ともいえる答えだったが、アレックスは言わずにはいられなかったのだ。彼女に求めてもらいたかった。

僕はリリーにそばにいてほしい。

しかし、彼女は首を振った。「私はそこまで厚かましくないわ。だって、あなたを求めても……」

「僕は求めに応じるかもしれないよ」

「そんな気があるの？　どこまで応じるの？」

アレックスは彼女の話がどこへ向かっているのかを必死で突きとめようとしていた。理解しようとしていた。今朝、彼女の隣で目を覚ましたときは、世界は思いのままだった。ところが今は……。

僕は強引すぎた。それはわかっている。

僕は身を引くべきだろうか？

どうしてそんなことができる？　僕らの結婚が名ばかりのものだとしたら、僕はむなしいだけだ。

政略結婚か……。

僕はいったいなにをしているんだ？

記憶がよみがえり、必死に封印してきた時代からの良心に、ちくりと痛みが走った。海へ続くけわしい道から張り出した岩棚で、母はクッションを並べて横たわっていた。母は島に戻ってからまもなく病気になった。二人で設計した庭を僕が造っていた。それぐらいしか母にはしてあげられなかった。

僕は岩の壁に香りのいいゼラニウムを植えているところだった。母が上から声をかけてきた。僕は両手を堆肥《たいひ》だらけにして見あげた——泥だらけで、幸せで、日ざしを顔に浴びていた。そこは世界でいちばんいたい場所だった。

〝お母さん、なにか言った？〟

〝愛してるわ〟母の声は聞き取るのがやっとなほどか細かった。〝ものごとを途中で投げ出してはだめよ。大切なことだから、伝えたかったの。覚えておいてね。愛してるわ〟

二カ月後に母は亡くなった。なんとなく母の言葉が頭から離れなかった。というのも、その言葉は今の僕をつくる助けになったからだ。しかし、僕はあの愛情が、僕と母がともに経験したことの延長上にあったとは考えたこともなかった。

でも、延長上にあって当然なのだ。愛とはそういうものだ。

愛。僕には愛がある。ここに。目の前の女性の心にも。僕のリリーが今、僕を見ている。彼女は母親の暴露話にとまどい、打ちのめされ、今朝の僕の行動に困惑し、傷ついた。しかし、リリーは困惑のさなかにありながら、未来に目を向けた。僕が与えた環境でベストを尽くそうとしている。

この女性は僕の妻だ。僕はなにをしているんだ。結婚をだいなしにするつもりか？

リリーとやり直せ。

「マンハッタンへ行くつもりだったのは、プロジェクトに取り組むためではない。会社を整理するためだ。会社は優秀な従業員たちにまかせて、僕はこの島から相談にのるつもりだ。君に言っておくべきだった。そして、君に尋ねておくべきだった。リリー、結婚してくれないか？」

結婚……。

「私たちはすでに結婚しているわ」

「そうだが、正しい結婚ではなかった」

「意味がわからないわ」

「わかっているはずだ」アレックスはリリーの手首をつかんだ。「正式な結婚式ではなかった。今回は僕が慕う司祭の前に立ちたい。愛する女性の隣で誓い、その誓いを守りたい」

「でも……なぜ？」

「君の病気が……」

「やめて」リリーは鋭く言った。彼女の顔にぱっとともった希望の炎はすっかり消えてしまった。「私を哀れむのはやめて」

　リリーは手を引っ込めようとしたが、アレックスは放さなかった。

「違うよ、リリー。僕がこの話をしているのは、君を哀れんでいるからではない。誇らしい思いで胸が張り裂けそうなときに、どうして哀れむことができるんだ？　君ほどの女性が結婚してくれたんだ……リリー、僕たちは結婚の方法を間違えた。僕は君を王室の花嫁としてめとった。僕は島民の前に立ち、君が僕の妻であると言った。そして、我が家とはできない家に君を連れていった。あそこは隠れ家だ。休息の場所だ。でも、今は隠れるべき時ではない」

「でも、私はプリンセスには……」

「一人ぼっちのプリンセスになりたくないのさ。でも、一人ぼっちでなかったら？　ロイヤルカップルとして、二人でサフェイロスを統治するのだとしたら？」

「島民が賛成しないわ」

「君が隠れていては、賛成しないだろう。リリー、もう一度頼む。僕は君と結婚式を挙げたい。でも、今度は二人だけで。僕は君への愛を宣言したい。僕は君を愛している。結婚してくれないか？」

　アレックスはリリーの顔が見えるように、抱き締めていた体を少し離した。彼女の困惑が見て取れた。なんとしても、その困惑を消し去りたい。

「頼む必要はないのかもしれない。すでに君は僕の妻なんだから。でも……それだけでは満足できない。僕は君に信頼してほしいんだ」

リリーはうなずいた。困惑が薄れてきた。「それは結婚とは別の話よ」

「そうか？」

「私はすでにあなたを信頼しているわ」リリーがささやくと、アレックスは首を振った。

「君は信頼していないから、僕に生活の面倒を見させてくれない。僕をそばにいさせてくれない。君はずっと一人で生きてきた。この先もそんなものだと思っている。君は本当に一人で暮らしたいのか？」

「そうじゃないけど……」

「僕は君と暮らしたい。君の思う暮らし方で」

「アレックス、あなたはプリンスなのよ」

「僕はプリンスだ。国民から尊敬される必要がある。それと同時に、君の尊敬と信頼を得る必要もある。僕たちは本当の夫婦になれないかな？　僕たちは結婚式を正しく挙げなかった。スピロスに引き渡し役をしてもらわなかったし、アントニオ神父に式を挙げてもらわなかった。宮殿のバルコニーに出て全国民の前で手を振ることも、キスもしなかった。愛してるよ、リリー。僕とともに生きてくれないか？」

「ええ……いいわ」リリーが勇気を出して答えると、アレックスは彼女の目をのぞき込んだ。

「いいわって……言うことはそれだけか？」

「いいわ、殿下。これでいい？」

「いいわじゃなくて」

「あなたは私にプリンセスになってほしいのよね」

「ただのプリンセスじゃない。僕のプリンセスだ」

「あなたは私のプリンスになるのよ」

「それは名案だ」

アレックスはリリーを抱き締めた。すると二人の心臓が突然、同じ鼓動を刻みはじめた。まるで魔法のように。

「あなたを愛してるわ」

「それをアントニオ神父の前で言えるか？」

「あなたが望むなら、世界じゅうの人々の前でも」

「じゃあ、きちんと式を挙げてくれるかい？　心をこめて？」

「もちろんよ。式はいつにする？」

「今すぐは？　釣りに出ているアントニオ神父を連れ戻せて、葬式もなく、洗濯済みの法衣があるなら……今、挙げない手はないだろう？」

「私たちだけで挙げるの？」

「ニコスを呼ぶ。ステファノスはニューヨークにいるから、帰ってくるまでは待てない」

「カメラマンも必要だわ」リリーは明るく目を輝かせた。その目には大きな喜びがあふれている。

「なぜカメラマンが必要なんだ？」

「これが本当の結婚式だからよ。私たちの孫に見せる写真がいるわ」リリーは顔を赤らめた。「ミカレスに子供ができるかもしれないし、私はおばあちゃんになるかもしれない……」

リリーは本当の夫婦になることの真の意味を理解して、目をまるくした。

アレックスはそれを見て笑った。やっと肩の荷が下りたような気がした。二人でなら未来に立ち向かっていける。笑い、愛し合っていける。

「ビーチで会った記者たちに知らせたらどうだろう？」アレックスが提案した。「特だねだぞ」

「そうしましょう」リリーはほほえんだ。「スピロスとエレニに話していい？　式に来てもらうわ」

「彼らはもう知っているんじゃないかな」アレックスが造船所のドアにちらりと目を向けると、ドアがさっと閉まった。「スピロスに引き渡し役をしてもらうんだろう？　三時間後でどうだい？　午後七時、ちょうど夕暮れどきだ。最高の写真が撮れる。すべてはアントニオ神父が見つかればの話だが」

「式の手配はまかせたわ。私は爪の間からおがくずを取り除かなくちゃ。女の子にはプライドがあるのよ。あなたは神父をさがしに行って。私は花嫁に変身できるよう、エレニに頼みに行くわ」

「リリー？」

「うん？」

アレックスはやさしく唇にキスをした。そして彼女から少し離れた。まだ言うべきことがある。「リリー、僕は島民に本当の君を知ってもらいたい」

「本当の私……」

「君が息子を捨てたと思わせておきたくない。島民に真実を話させてほしい。君の母親と姉をかばうのはやめよう。僕を信じてまかせてくれないか？」

アレックスが真剣に私を見ている……私のアレクサンドロスが。

「あなたを信じてまかせるわ。私の心も、人生も」

「それは男がもらえる最高の贈り物だ」アレックスは彼女の手をとって自分の胸に押しあてた。「命ある限り、大切にするよ」

13

アレックスが立ち去ると、造船所のドアが開いてエレニが出てきた。

リリーにとって、エレニは母親のような存在だ。アレックスは、リリーと未来をともに歩む仲間として、スピロスと造船所の仲間をこの島に連れてきた。この人たちを抜きにして結婚式は挙げられない。

「どうしたの、リリー？　まさか、彼を追い払ったんじゃないでしょうね？」エレニが尋ねた。

「ちょっと用事があるそうよ。七時までにね」

「七時になにがあるの？」

「それを話そうかなと思ったんだけど」リリーは隠すことが急に愚かに思えてきた。

リリーは造船所に入っていった。スピロスたちが彼女に注目した。

「結婚式を挙げようかなと思ったの」あまりの静けさで耳がおかしくなりそうだった。「この前みたいに。ただし今回は違うの……永遠の愛を誓うのよ」

　ますます静まり返った。

「七時に」ついにエレニが甲高い叫び声をあげた。

「ドレスが必要なの」リリーは彼女に言った。

「この前のドレスは？」

「あれは万人受けするドレスだわ。いかにも王室の花嫁という感じ。私は私らしいドレスが欲しいの」

「三時間後に！」エレニが今度は本当に悲鳴をあげた。「ふざけているのよね？」

「いいえ」リリーは真顔になった。「これは本当の話よ。みんなにも出席してもらいたいの」

　しばらく沈黙したあと、エレニは夫に向き直った。

「スピロス、お風呂に入って」

「はあ……？」

「お風呂に入って、今すぐに。そうすれば七時までに油汚れが落ちるわ。いちばんうしろの席に座って……」

「スピロスには引き渡し役をお願いするわ」

　またしんと静まり返った。リリーはだんだん慣れてきた。みんなのぽかんと口を開けた顔を見まわして、くすくす笑った。

「間に合うかしら？」リリーはエレニに尋ねた。すると、エレニはまじまじとリリーを見つめた。その間に頭の中で、するべきことをリストにまとめているのが見て取れた。エレニはうなずいた。

「間に合うわ」エレニがついに言った。「まずはドレスを買いましょう。スピロスはお風呂ね。みんなは街へ行ってちょうだい。お花が欲しいわ。やさしいロマンティックな感じのがいいわ。お花屋さんになにに使うかを話せば、腕によりをかけてふさわしいものを作ってくれるわ。リリーにはブーケを、私にはコサージュを、男性には薔薇《ばら》を一本ずつ……」

エレニはすでにすることのリストの三番目に取りかかっていた。

結婚式は実現へと進みはじめた。

ニコスは宮殿で膨大な書類仕事に追われていた。

「僕は釣りに行きたいよ」アレックスが入っていくと、ニコスが感情たっぷりに言った。「国を治めるという仕事はいろいろと複雑だ」

「息抜きが必要だな。結婚式にでも行かないか？」

ニコスは帳簿を片手にペンを走らせていたが、その手をとめて、アレックスをじっと見つめた。「誰の結婚式だ？」

「僕のだ」

「式は挙げたばかりだろう」

「やり直しだ。今度はきちんとやる」

「ふうん……」ニコスは困惑を隠してうなずいた。「それで……その相手は……リリーか？」

「あたりまえじゃないか」

「いつ？」

アレックスはちらりと腕時計を見た。「二時間後だ。急で申し訳ない。アントニオ神父が釣りに行っていたのでね！」

ニコスはとまどったようにうなずいた。「我らが神父様は釣りが好きだからな。つまり、式を挙げてもらうために釣りを途中で切りあげさせたのか？」

「そのとおり」

「この帳簿の数字から逃れるには最高の逃げ道だ」

ニコスはにっこりして、ペンをほうり出した。

『サフェイロス・タイムズ』紙の記者が、リリーがカフェでした仰天の言動を記事にしていると、電話がかかってきた。

「宮殿から」受付係が口の動きで知らせた。

記者はため息をついた。王室秘書官が記事を差し替えさせるために電話してきたのだろう。いびられるのは慣れている。ギオルゴスに脅されて、この新聞は傀儡《かいらい》メディアにされてしまったからな。

いつものことだ。

記者はうんざりしながら電話に出た。「もしもし」

「プリンス・アレクサンドロスだ。十五分後に宮殿に来られるのであれば、特だねを提供する。たっぷりとね。どれくらいで取材陣をよこせるかな？」

急な結婚式は気が進まないが、今回は……別だ。

アントニオ神父は鏡をのぞき込み、法衣が洗濯済みであることを神に感謝してから教会に入った。

プリンス・アレクサンドロスが待っていた。彼の服装は意外なほどカジュアルだ。シンプルな黒いスーツと白いリンネルのシャツ、ネクタイ、ブーツ。

二時間前に神父がボートから挨拶《あいさつ》したとき、アレックスは少年時代からよく見かけるジーンズ姿だった。今、神父にほほえみかけているのも同じアレックスだ。なにを着ていようが、やはりプリンスだ、と神父はしみじみ思った。アレックスは昔から変わらない。心根のいい男だ。

神父は教会内を見渡した。参列者は少ない。最前列にはエレニと彼女の腕の中で眠っているミカレス、二列目にはスピロスの造船所の男たちがいる。借り物のスーツが窮屈そうだ。

オルガンがウエディングマーチを高らかに奏でた。教会の入口に、スピロスとリリーが登場した。

リリーのドレスはプリンセスとしてはシンプルだが、男に喜びのため息をつかせるにはじゅうぶんだった。三時間にわたるドレスショップでのどたばたぶりをまったく感じさせない仕上がりだ。きらきら光るレースを使った凝ったデザインで、ほっそりした体に、まるで縫いつけてあるかのように張りついている。蝶《ちょう》の飾りがついた肩ひもにつられた胴体部分は、やわらかな曲線で胸をおおい、ウエストへ向かって絞られ、そこからスカートがふんわりと広がり、床へと落ちていく。

ベールはなく、短い髪にはいくつもの小さな薔薇のつぼみが飾られている。手にしているのは、薔薇と羊歯《しだ》の流れるようなラインのブーケだ。

美しい花嫁だ。

神父は花嫁からアレックスの顔に視線を移して、胸がいっぱいになった。いい結婚式はうれしいものだ。愛を一番に考えた結婚式だ。それに、今のアレックスの表情ときたら……。

いちばん大切なのは愛だ。そのほかのことはしかるべきところにおさまるものだ。神父はそう思った。

リリーは今まさに結婚しようとしていた。本当の結婚を。

「用意はいいかな？」スピロスが彼女の腕を軽くたたいて言った。

私のプリンスが通路の先で待っている。結婚しようと待っている。

いいえ、あれはアレックスよ……ただのアレックスだわ。

私が心から愛する人だわ。

リリーはスピロスの手を握って心を落ち着けた。

「準備はできたわ、スピロス」

「では、始めよう。私が緊張で卒倒しないうちに」

君は最高の花嫁だ。僕のリリー。

君のいるところが僕の家だ。アレックスはそのことに気づいて、いつの間にかほほえんでいた。

「まだマンハッタンに行く必要があるのか？」ニコスがささやいた。

アレックスはリリーから目を離すことができなかった。どうすればあんなに美しくなれるんだ？

「えっ？」

「君の仕事のことだ。そんなに大切なのか？」

「それがなにかさえ思い出せないよ」

「そいつはおもしろい」ニコスは中央通路を歩きはじめたリリーを眺めた。「リリーに恋をしたのは君だけではないと思うよ。ここにいるのは彼女を守りたいと思う人たちばかりだ。島民もそういう気持ちになっていくんじゃないかな」

しかし、アレックスはもう聞いていなかった。花嫁が着実に歩いてくるのをひたすら見守っていた。

ニコスはほほえみ、ポケットの中の指輪に触れた。おしゃべりはこれくらいにして、花婿の付き添い役に専念しよう。

「この指輪を誓いのしるしとして、あなたと結婚します。私の体を誓いのしるしとして、あなたを敬愛します。私の全財産をあなたと分かち合います」

リリーはその言葉に目をしばたたいた。アレックスが自分の財産の半分を私に与えるというの？

今は議論するときではない。神父は私がその言葉を繰り返して言うのを待っている。財産の話は聞き流そう。

今はすべてを流れにまかせるしかない。たとえば、アレックスが私の目を見ていること、ほほえみながら私の指に指輪をはめていること、必要以上に長く私の手を握っていること。

この指輪は……サフェイロス王家の指輪だ。一石のサファイアを三石のみごとなダイヤモンドが囲んでいる。はっとするほど美しい。

それが私の指にはめられている。

まるで私はプリンセスだ。

「私たち二人の命ある限り……」

14

アレックスとリリーが腕を組んで教会を出ると、大勢の報道陣が待ち構えていた。アレックスが話をした記者が、ほかの記者たちに知らせたのだ。

「特だねをありがとうございました」その記者が声をかけた。「新聞はすでに街に並んでいます」

教会前にはアテネから駆けつけた記者やテレビの取材陣もいた。二人の秘密の結婚式には、王室スタッフも含め、島じゅうから大勢の人々が詰めかけた。

こうなったらしかたない、とアレックスは思った。そう遠くない将来に盛大なパーティを開こう。来たい人全員が来られるときに。僕たちが王族としての本分をまっとうし、リリーを大公妃とすることを宣言したときに。

実際には……僕はまだ大公ではない。彼女を大公妃にするときは、二人分の式典をすることになる。二人で行う儀式。ともに生きる人生。けれども、まずは……。

「宮殿のバルコニーへ行かなければならない」アレックスは言った。「この結婚はするべきことをきちんとするか、まったくしないかのどちらかだ」

「きちんとするしかないわね」リリーはにこやかに応《こた》えた。「次はバルコニーよ」

宮殿に戻るのに三十分かかった。島じゅうの人々が見物に出ていた。二人を乗せた車の運転手は、人込みの中をゆっくりと走らせなければならなかった。

車の窓ごしに写真を撮っている女性のバッグから新聞がのぞいていた。アレックスは窓から手を伸ばして、その新聞を抜き取った。

「お嬢さん、これをお借りできますか？」

「お祝いに差しあげます。なぜプリンセス・リリーについて国民にお話しにならなかったのですか？」

新聞の第一面には鮮やかな色でこう書かれていた。

〝我らがプリンセスの秘密〟

リリーはアレックスから新聞をひったくるようにしてとった。記事を読むうちに、にこやかな表情がとまどいに変わった。

「これは……私のことだわ」

「そうだよ。君がどんな人かを知ってもらいたかったんだ。君のすばらしさを国民が知らないなんて、僕には我慢ならなかった。僕は君を愛している。だから、国民にも君を愛してもらわなくては」

「国民は私を哀れむでしょうね」リリーはアレックスが記者に語った話にざっと目を通した。

「しばらくの間はね。でも、最高のプリンセスを得たと誇りに思うようになるだろう」

「アレックス……」リリーは苦しげに顔をゆがめた。

「お母さんやお姉さんの君に対する仕打ちは知られないほうがよかったのかもしれない。でも、彼女たちのしたことで、僕たちは名誉を傷つけられた。そして真実が明かされるまで、僕たちは中傷されつづける。愛してるよ、リリー。僕は生涯をかけて君を守る。でも、嘘《うそ》を隠蔽《いんぺい》してはいけないんだ」

「それはそんなに重要なことなの？」

「僕はそう思う。僕たちは誇りをもって結婚生活に臨もう。プライドをもってこの島を統治しよう。愛情をもって。敬う気持ちを忘れずに」

二人は宮殿に到着した。スタッフの喝采《かっさい》に応えて、手をつないで走り、前庭を見晴らすメインのバルコニーへの大階段をのぼった。

「君にできるかな？」アレックスはリリーをしっかりと抱いた。

「抱き締めて」リリーはささやいた。「永遠に抱き締めていて。そうしてくれたら、私はなんでもできるわ」

王室の慣習では、プリンスがプリンセスにキスすることになっている。

慣習なんてどうでもいいわ。リリーは自分から口づけをした。それから先は、誰が誰にキスしているかは、もはや重要ではなくなった。

サフェイロスに新しい王室が誕生した。

それからの一年は驚くことばかりだった……。

結婚一年目の記念日の朝、アレックスの隠れ家で、リリーは笑い声を聞いて目覚めた。早起きのミカレスとアレックスが、バルコニーで蔓《つる》植物にとまるフィンチを観察したり、海を眺めたりしている。

なんという一年だったのだろう。こんなにいい一年になるなんて思いもしなかった。

リリーたちがほとんどの時間を過ごしている宮殿は、以前とは変わった。今も変わりつづけている。

島には公共施設が事実上なかった。今では広大な宮殿の一部が立派な図書館や会議室になり、母親たちのクラブ活動や、趣味のサークル活動に使われている。庭園も一般に開放された。海を見おろす夏の別荘には、待望の新しい病院ができた。

リリーとアレックスが力を合わせて、これらを実現させたのだ。それぞれの熱意がたがいを刺激した。夜にはベッドに寝ころがって計画を練り、そして愛を交わした。

二人は宮殿に残された王室一家専用エリアを少しでも家庭的な雰囲気にするべく、二十ものシャンデリアを取り払い、朝食用のジャムを常備した。二人は宮殿に永住する覚悟をしたのだ。

島民はロイヤルカップルを歓迎し、二人が宮殿で暮らすことをとても喜んだ。王室は島の伝統であり誇りなのだ。

アレックスは庭園設計の仕事を島から離れずに続

けた。土壌の分析は配送でやり取りし、植物のリストはインターネットを駆使して作成した。

リリーは、エレニとスピロスにおばあちゃんとおじいちゃん役を頼んで、船大工の仕事をした。彼らの造船所は評判に評判を呼んだ。

つまり……リリーとアレックスは別々に仕事をしたが、なにをする場合でも、夜には会える場所で、家族としてともに過ごせる場所を選んだ。

家族は最高だし、隠れ家に逃げ込める時間はとても楽しい。

リリーはうとうとしながら、満ちたりた気分を味わっていた。今夜は結婚一周年を祝って、バルコニーでディナーにしよう。

「昼までベッドにいるつもりかい？」アレックスがドアのところから彼女にほほえみかけた。

ミカレスがよちよちと母親のほうへ歩いていく。リリーがベッドに引きずり込むと、ミカレスははしゃぎ声をあげた。

「君にプレゼントがある」アレックスが言った。「ミカレスと僕からだ。ただし、それをあげるには、ベッドから出てきてもらわないとな。ローブを着て、サンダルをはいて。僕たちは気が短いんだよ」

リリーは好奇心をそそられた。

アレックスはこの家とビーチの間の崖《がけ》の一部を一年間立入禁止にしてきた。崖の浸食が心配だからと言っていたが、それにしては、ここを訪れる回数が頻繁すぎた。

なにかが進行中なのはわかっている。さぐりを入れてはみたが、崖に近づくなと言われてしまった。

「おいで」アレックスが手を差し出した。リリーが動かずにいると、彼はベッドまで来て彼女にキスをした。激しく。力強く。たっぷりと。そして彼女の手を引っ張って立ちあがらせた。「来るんだ」生まれながらの支配者であることを思わせる口調に、リリーはくすくす笑い、ローブをつかんで歩きだした。

　案の定、立入禁止の小道は通れるようになっていた。その道は、いつも海水浴をする湾から崖をまわり込んだ、もう一つの入江へと続いている。

　リリーは結婚したばかりのときに一度だけその道を通ったが、その直後に立入禁止にされたのだった。

　今、その理由がやっとわかった。

　これは庭園だ。なんてすてきなのかしら。

　滝があり、自然に崩れ落ちたかのように岩がそのまま配置されている。アレックスが岩の中に仕込んだスイッチを操作すると、滝の水が勢いよく岩の上を流れ落ちた。

「あなたが造ったのね」リリーは息を弾ませた。

「水は太陽光発電で湾からくみあげている。太陽がのぼると、滝が流れるんだ。水は湾から来て、湾へ戻る」

　リリーは驚きで言葉を失った。

「これが僕からの結婚記念プレゼントだ」アレックスが手を差し出した。「行こう。下に見せたいものがまだまだある」

　滝の下の入江はとても小さく、二つの崖にはさまれた天然の港になっていた。滝はさざなみの立つ小川となり、古いボートハウスの横を通って、砂浜から海へ流れ込んでいる。

　リリーはそのボートハウスを一年前に見たことがあった。そのときは荒れ果てて、今にも崩れ落ちそうだった。

　今は違う。薄い青と真っ白のペンキが塗られ、大海原を背景に、明るくて快適そうだ。小屋の戸口からは小さな桟橋が伸びており、修復されて新品同様になったアレックスの小型ヨットが係留されている。すばらしい眺めだ。

「私たち専用のボートハウスね」リリーがため息まじりにささやいた。「ああ……」

「それだけじゃないよ」アレックスは満足げに言い、大きな青いリボンのついたキーを渡した。「これはミカレスと僕からだ。ほら、リボンの端が湿っているだろう? プリンス・ミカレスがじきじきにしゃぶったものだ。キーには王家の紋章をつけるべきなんだが、間に合わなかった」

リリーは驚いて夫と息子を見つめた。そしてドアの鍵《かぎ》を開けた。

彼女ははっと息をのんだ。

ドアを入ると、〝結婚記念日おめでとう〟と書かれた横断幕が横幅いっぱいに飾られていた。

そして、そのうしろには……材木が山と積まれている。化粧仕上げを施された何トン分もの材木だ。これならじゅうぶんに造れる……。

船を?

リリーは近づいて板に触れた。

「これはヒュオンパインよ。ここにある分でじゅうぶんに造れるわ……」

「ヨットを?」アレックスは期待をこめて尋ねた。「君はヨットを造りたい?」

リリーは次々と板に触れていった。造りたい船はすでに頭に浮かんでいる。全長は七・五メートル……いいえ、九メートル。小さなキャビンつきだ。ああ、風のように帆走するのよ。

「風のように進むヨットがいいな」アレックスの言葉にリリーは振り返り、夫に驚きのまなざしを向けた。息子を抱えて熱心に見つめ返す彼の姿を見て、リリーは笑いがこみあげた。

「これって、私とあなた、どちらのプレゼント?」

「両方だよ。君は船造りができるし、ミカレスと僕はヨットの操縦方法を教わることができる。それが君から僕たちへの結婚記念日のプレゼントだ」

「プレゼントなら用意してあるわ」

「そうなのか?」アレックスはミカレスを床に下ろ

した。「僕へのプレゼントを？」

「ええ」

「じゃあ、家に戻ってそのプレゼントを開けよう」

「実はまだ途中なの」

「まだ途中……僕に船を造っているのか？」

「はずれ。もう一度考えてみて」リリーは愛情たっぷりにほほえんだ。「かれこれ二カ月くらいになるかしら。完成まではあと七カ月かかるわ……」

これでアレックスはぴんときた。信じられないというようにリリーを見つめた。そして足早に歩いていき、彼女を高く持ちあげてくるくるとまわった。ミカレスは、パパとママはおかしくなってしまったのかと、そのようすを見ていた。

ミカレスがよちよちと近づいてきたので、アレックスはまわるのをやめてリリーを床に下ろし、息子を抱き締めた。それからリリーも一緒に抱き締めた。アレックスは家族を抱き締める一人の男だった。人生で欲しいものをすべて手に入れた男だ。

「いるかたちが見ているわ」リリーがつぶやき、小屋の入口の向こうを見た。いるかの小さな群れが入江に入ってきたのだ。

「見物させてやろう」アレックスが言った。「カメラを持っていなければね。今はパパラッチの相手をしている場合じゃない」

「たまになら、パパラッチがいてもかまわないわ」リリーはつぶやいた。「今の私がどんなに幸せかを記事にしてくれる人がいるはずだから」

「明日の王室主催のパーティはたっぷり記事にしてもらえるよ」アレックスはリリーをさらに強く抱き締めた。「僕は頼まれればいつでも幸せな気分を思い出させてあげるよ。今思い出させてあげようか？　じゃあ、言おう。愛している。君は僕の妻だ。僕の子供たちの母親だ。僕の美しいプリンセス。僕のリリー、君は僕の愛する人だ」

ハートに きらめきを
ハーレクイン

私だけのプリンス

2010年7月20日発行

著　者　マリオン・レノックス
訳　者　佐藤利恵（さとう　りえ）

発行人　立山昭彦
発行所　株式会社ハーレクイン
東京都千代田区外神田 3-16-8
電話 03-5295-8091（営業）
03-5309-8260（読者サービス係）

印刷・製本　大日本印刷株式会社
東京都新宿区市谷加賀町 1-1-1

ISBN978-4-596-22108-7 C0297